东北流亡文学史料与研究丛书·研究卷

# 舒群论

郑兴 著

北方联合出版传媒(集团)股份有限公司
春风文艺出版社
·沈阳·

主　编　张福贵
研究卷主编　韩春燕

**图书在版编目（CIP）数据**

舒群论／郑兴著. —沈阳：春风文艺出版社，
2021.12（2024.1重印）
（东北流亡文学史料与研究丛书）
ISBN 978 - 7 - 5313 - 6152 - 7

Ⅰ. ①舒… Ⅱ. ①郑… Ⅲ. ①舒群（1913-1989）—
文学作品研究 Ⅳ. ①I207

中国版本图书馆CIP数据核字（2022）第015604号

**北方联合出版传媒（集团）股份有限公司**
**春风文艺出版社出版发行**
**沈阳市和平区十一纬路25号　邮编：110003**
**河北浩润印刷有限公司印刷**

| | | | |
|---|---|---|---|
| 责任编辑：姚宏越 | | 责任校对：于文慧 | |
| 封面设计：马寄萍 | | 幅面尺寸：155mm × 230mm | |
| 字　　数：150千字 | | 印　　张：10 | |
| 版　　次：2021年12月第1版 | | 印　　次：2024年1月第2次 | |
| 书　　号：ISBN 978-7-5313-6152-7 | | | |
| 定　　价：49.80元 | | | |

# 目　录

# 第一章　舒群生平及创作阶段

## 第一节　研究现状及研究意义

舒群（1913—1989），现代著名作家，一般被视为"东北流亡作家"之一，自成名作《没有祖国的孩子》发表以后，二十世纪三四十年代一直活跃于左翼文坛，新中国成立后虽然政务缠身，也陆陆续续有作品发表。纵观舒群一生，发表长篇小说、中篇小说、短篇小说共计一百多万字，虽不是著作等身，作品质量参差不齐，但就主要作品的数量与风格而言，也足以自成一家，因而，对舒群做专门论述是可行的。以往涉及舒群的论著及论文，大抵可以分为以下两类。

第一类是总论"东北流亡作家"的论著和论文，论著中的代表有沈卫威《东北流亡文学史论》，这部专著分上、中、下三篇，上篇探讨了"东北流亡作家"的发生与发展，中篇讨论了"东北流亡作家"的创作特性，下篇则对作家群中的代表端木蕻良做抽样分析，分别从共时和历时的角度分析了"东北流亡作家"的创作，既有宏观详尽的总体概括，又突出了微观细致的文本分析。[①]另有高翔《现代东北的文学世界》，从中篇小说文体、长篇小说文体、文学与传媒的关系、

---

作家专论等角度分析，论述范围较为广阔，囊括了"东北沦陷区作家群"和"东北流亡作家"这两个群体，只是分析角度的安排略显凌乱。①另外，重要论文有丁帆、李兴阳《"流亡"文学群体的民族意识与生命意识——论"东北作家群"的乡土小说》②、刘婕《漂泊者的锚——论"东北作家群"的情感维系》③、李春燕《艰难的心路历程——东北沦陷时期作家心态研究》④，这些论文都从不同角度探讨了"东北流亡作家"或"东北沦陷区作家群"。

第二类是寥寥可数的舒群专论，其中有西南师范大学硕士学位论文《被遗忘的文学角落——舒群抗战小说研究》⑤，另有中央民族大学硕士学位论文《舒群小说研究》⑥，这两篇论文都较为详尽地介绍了舒群的生平及创作。

前人的论述为本论文提供了可贵的基点和参考，但是，对舒群的研究仍有以下拓展空间：一、舒群的专论仍然极少，仅有的两篇也比较简单。二、大多数论述都是将舒群视为"东北流亡作家"的一员，舒群与萧红、萧军等东北作家一起被讨论，因此，对舒群这单个作家仍可以有更为详尽、深入的探讨空间。三、在仅有的两篇舒群专论中，并未抓住舒群自身的创作特性，作者也试图探讨舒群的特质，但是因为受先入之见所围，仍是从对爱国情感的抒发等角度进行探讨。

因而，本论文试图在前人的基础上，发掘舒群自身的特质，从舒

① 高翔：《现代东北的文学世界》，春风文艺出版社，2007年版。

② 丁帆、李兴阳：《"流亡"文学群体的民族意识与生命意识——论"东北作家群"的乡土小说》，《求是学刊》，2007年第2期。

③ 刘婕：《漂泊者的锚——论东北作家群的情感维系》，《理论与创作》，2003年第5期。

④ 李春燕：《艰难的心路历程——东北沦陷时期作家心态研究》，《社会科学战线》，2002年第3期。

⑤ 孟文博：《被遗忘的文学角落——舒群抗战小说研究》，西南师范大学硕士学位论文，2002年。

⑥ 刘立军：《舒群小说研究》，中央民族大学硕士学位论文，2005年。

群的作品中概括出"流徙者"的人物群像，并在此基础上，对舒群做更为深入的剖析，庶几能以此彰显舒群小说的成就。另外，舒群的创作在延安"抢救运动"后发生激变，改造以后的创作不能代表舒群的创作成就，因此，在论文的主体部分中，主要就舒群巅峰时期的作品进行剖析，改造后的作品则主要在余论中进行梳理与症候分析。

## 第二节　舒群的生平

舒群，现代著名作家，黑龙江省哈尔滨市人。1913年9月20日生，本名李春阳、李旭东。舒群祖居山东，祖父在清朝末年逃荒到沈阳。舒群幼年家庭贫困，迫于生活压力，父亲做各种苦工维持家庭生计。舒群的童年在贫穷、饥寒中度过，在小学和中学时期，舒群常因家境贫苦而中断学业，并随着父母辗转于阿城、一面坡等地。颠沛流离的幼年生涯使舒群广泛接触和体验社会，也为他日后的文学创作提供了丰富的经验和素材。

舒群于1920年进入阿城县西营小学就读。1927年考入哈尔滨一中，后因无力缴纳各种费用，被学校取消学籍。为了谋生，舒群一度还做过手工学徒。后经熟识的朝鲜孩子果里介绍，舒群得到了苏联女教师的热心帮助，进入中东铁路苏联子弟第十一中学读书，但第二年被当地教育机构查出，舒群被赶出学校。1928年夏初，舒群又转到东省特区第六中学。1930年初，舒群重回哈尔滨一中，完成初中学业。

读中学期间，舒群广泛涉猎文学作品，知识结构逐步确立，文学之旅也就此开启。在三年初中生涯中，舒群阅读了大量中西文学经典，如中国的古典四大名著和西方的托尔斯泰、梅里美、欧·亨利、王尔德等作家的作品。同时，他还大量接触中国现代作家，主要是一些左翼作家，如鲁迅、郭沫若、茅盾、田汉、蒋光慈等。这段时期的阅读为他日后的创作积累了重要的文学素养。

九一八事变后，舒群参加了抗日义勇军，投入抗战的洪流。在战场上，舒群经受了战火的考验，成长为一名出色的战士。军旅生涯中，一方面，他感佩于义勇军战士们奋勇杀敌的气概，另一方面，他感觉自己所在的义勇军队伍鱼龙混杂、纪律松弛。这些战场上丰富的见闻成为舒群小说的重要灵感来源，如《战地》《誓言》等小说明显是舒群真实生活的折射。

　　后来，舒群离开了军队，他希望能够寻找新的人生方向。1932年3月，舒群参加第三国际的工作，并于同年9月加入中国共产党。1932年底至1933年秋，舒群任洮南情报站站长，从事地下情报工作，因此，舒群的小说中常常涉及地下工作者，如《秘密的故事》《青年》，这与他的个人经历不无关联。

　　1933年底，哈尔滨日伪当局大肆搜捕共产党人，舒群与组织失去联系。1934年初舒群来到青岛寻找党关系，结识了一位倪姓地下党员，并与其妹妹结婚。在青岛安顿后，舒群还将好友萧军和萧红接来，为其安排住所。1934年秋，舒群被捕，1935年春获释，后流落到上海，并在上海加入中国左翼作家联盟。

　　1936年，在白薇的引荐下，舒群的小说成名作《没有祖国的孩子》发表，这部作品影响巨大，它标志着舒群文学创作的开端。从1936年到1937年七七事变期间，这一时期是舒群创作的高峰期，他勤奋写作，多数代表作都在这一时期完成。

　　1937年，抗日战争爆发，舒群受党的委托，去山西的八路军总部工作，担任八路军随军记者兼朱德的临时秘书。1938年，受党的指示，舒群在武汉创办《战地》刊物。《战地》只出版了六期即告停刊。

　　1940年舒群到延安，先后任延安鲁迅艺术学院文学系教员、《解放日报》四版主编、鲁艺文学系主任等职。到了延安以后，舒群的创作风格大变，创作数量也急剧减少。尤其到了1942年，延安整风，在"抢救"运动中，舒群成了被"抢救"的对象，生性倔强的舒群拒不承认自己犯错，被停止工作，最后下放到三五九旅进行劳动改造。

1945年，舒群任东北文艺工作团团长、中共东北局宣传部文委副主任、东北大学副校长、东北电影制片厂厂长、东北文协副主席等职，也是哈尔滨《知识》杂志社主编之一。直到新中国成立前，舒群一直担任各种行政职务，公务缠身的他少有时间从事创作。

新中国成立后，舒群历任中国文联副秘书长、中国作协理事、秘书长等职。此时的舒群试图重新专攻创作，他带着写作理想远赴战场，又亲临生产基层，试图以自己的作品反映朝鲜战场和生产基层的种种面貌。他创作了大量纪实文学，如《崔毅》《一个美国人》《在厂史以外》等作品，他还创作了三十多万字的《毛泽东故事》系列小说，歌颂领袖毛主席的光辉形象。

和其他知识分子一样，舒群在"反右""文革"等历次运动中未能幸免。1955年，舒群被打成"舒罗白（舒群、罗烽、白朗）反党集团"成员，自此舒群在文坛再度沉寂。1957年，中国作家协会为舒群平反。好景不长，1963年，在整风运动中，舒群又被打成了"反党分子"，遭受了一系列的批判、斗争，还被开除党籍。

"文革"到来，舒群又罪加一等，紧接着，他被遣送回农村，又经历了流徙的命运。舒群此后在工厂工作了十二年，在农村生活了五年，又在矿山工作了三年。不过，在经历过种种的流亡与迫害后，舒群在基层工人、农民朋友身上发现了优秀的品质——真诚、善良、质朴，和他们的友谊成为舒群在流离生涯中的心灵慰藉。

新时期到来后，将近七十高龄的舒群再度出手。在四年多的创作时间里，舒群陆续发表了《题未定的故事》《在长史之外》《少年chen女》《美女陈情》和《金缕传》等反映新社会与新风尚的小说。其中《少年chen女》获得1982年全国优秀短篇小说奖，广受赞誉。

事实上，即便此时的政治气候大为好转，舒群也拥有了创作的时间与自由，但屡受迫害后，他在创作上早已力不从心，创作数量不多，艺术质量虽有一定起色，但和巅峰时期相比，仍有一些差距。正如他自己所说，《少年chen女》"可能这是我一向反对艺术风格单一化、僵化而有所创新的，终生最后的聊以自慰之作，付出的劳作是巨大的，难以言喻的。"[1]

## 第三节  舒群的创作阶段

舒群的人生经历跌宕起伏，其小说创作也随人生而起伏。我们可以把舒群的小说创作分为三个阶段：

### 一、抗战时期至改造前

舒群在九一八事变发生后开始创作。不过，他以作家的身份被文坛接受还要等到1936年。这一年，他的小说成名作《没有祖国的孩子》发表，并开始使用"舒群"这一笔名。舒群于1934年已开始构思《没有祖国的孩子》，即使在青岛被捕入狱后，仍坚持完善构思，用了将近一年的时间，写成初稿。1935年春，舒群被释放后抵达上海，试图请人将稿件转呈鲁迅而未能遂愿。随后不久，女作家白薇在阅读稿件之后激赏不已，通过周扬推荐给左联，稿件遂发表于《文学》杂志5月号上。于是年轻的舒群就此进入中国左翼文坛，被破格接受为左联会员，开始了专业创作生涯。

《没有祖国的孩子》是一篇激荡着爱国精神和国际主义的作品，小说中，主人公果里因为日本人占领了他的祖国朝鲜，他的母亲不愿他们在日本人的统治下过奴隶生活，因而随着哥哥辗转来到中国东北寻找自由。不过，东北随即也因九一八事变落入日本手中，果里和中国、苏联的朋友相互扶持，重新踏上了寻找自由、反抗奴役的漫漫长路。作品发表后，引起了社会各界强烈的反响。不少作家、评论家纷

---

① 董兴泉：《舒群传略》，《东北现代文学史料·第8辑》，辽宁社会科学院文学所印编，1984年，第75页。

纷撰文讨论这部作品，并对年轻的作家舒群褒奖有加。周立波在《一九三六年小说创作回顾——丰饶的一年间》中这样写道：今年创造力最丰盛的新作家是舒群。在《文学》五月号发表了他的《没有祖国的孩子》以后，立刻被许多的人认识了……舒群亲历了亡国的痛苦，目击了土地丧失人民流离的情景和敌国汉奸的残暴的行动，以及许多亲友的战死，他的爱国的思想和情愫，是在他的生活和斗争中滋长起来的，非常自然，而又带着强大的感召力。[①]

从1936年到1940年去延安之前，舒群勤奋创作，非常高产，主要完成了短篇小说集《没有祖国的孩子》《战地》和《海的彼岸》中的多数作品，他还出版了中篇小说《老兵》《秘密的故事》《雪》等。

这一阶段是舒群创作的高峰期，舒群多数代表作都在此时完成，呈现出如下特征：一、这些小说大都描述了在日本入侵的背景之下，东北大地上转徙流离的人生：这里有抗日义勇军的战士，有被逼走上抗日道路的蒙古工人，有从事着秘密抗日工作的地下工作者，有忍受着亡国之苦、只能在异国卖淫为生的朝鲜姑娘，有为了掩护抗日战士而被敌人奸杀的蒙古姑娘……舒群凝视并细腻描写着战争背景下的百态人生。二、这一时期的作品代表了舒群创作的最高水准，并具有细腻哀婉的个人风格，以强烈的时代精神、爱国精神、国际主义精神感召着同时代的读者们。

## 二、改造后至"文革"结束

1940年，舒群接受党的安排，来到延安，担任延安鲁迅艺术学院文学系教员、《解放日报·综合版》主编等职，参加了歌剧《白毛女》的编排与组织领导工作，出版了短篇小说集《海的彼岸》。不过，《海的彼岸》中的绝大多数作品是完成于来延安前的，因此，这

---

① 周立波：《一九三六年的回顾小说创作》，《光明》，1936-12-25（2）。

一小说集仍应算作前一阶段的创作成果。

1942年，延安开始整风，接着就是"抢救运动"。舒群拒不承认自己犯错，被停止工作，此时，他思想消极，甚至一度想到自杀。1943年，舒群继续被停止工作，并被下放到三五九旅参加开荒生产，以进一步改造思想。在摇摆与挣扎、抗拒与接受之间，舒群的思想竟真的慢慢开始转变，改造初见成效。1943年，舒群在认真学习了毛泽东的《在延安文艺座谈会上的讲话》，并反省改造中的心路历程后，在《解放日报》发表了《必须改造自己》。这一文章的发表，标志着对作家舒群的改造彻底完成，经此改造，舒群小说的风格大变。

自改造后直到新中国成立前，舒群主要投身于行政事务，无暇从事小说创作，只有一些零星的纪实性散文发表，如《我所见的红军》《沈阳漫记》《归来人》等。

新中国成立后，1950年，舒群以作家身份赴朝鲜战场，1951年舒群回国，又去东北的工厂深入体验生活。朝鲜战场和工厂的深入体验促使他创作出不少作品，如1950年，他完成了一部长篇小说的初稿，即反映抗美援朝战争的《第三战役》，可惜作品的手稿都被造反派烧毁；又如短篇小说《崔毅》，这一小说反映志愿军战士崔毅英勇无畏的精神。同时，舒群开始写作工业题材长篇小说《这一代人》。1954年，舒群出版了短篇小说集《我的女教师》，其中包括《我的女教师》《童话》《一夜》等作品。

1955年，舒群被打成"舒、罗、白反党集团"成员之一，随后陷入沉寂。1957年平反之后舒群发表了长篇小说《这一代人》。《这一代人》是舒群"十七年"时期的最重要作品，以刚大学毕业的女青年技术员参加钢铁工业建设为背景，描写了新中国建立伊始工业建设战线上存在的种种艰辛、矛盾、问题，并热情讴歌了新老两代工业建设者的光荣事迹，刻画了他们热情、积极、勇于承担、乐于奉献的精神风貌。这部小说虽是舒群现存作品中唯一的长篇，其艺术质量却难以让人满意，无论是手法、语言还是结构都远逊早年。不过，这一长篇仍然算是"十七年"时期舒群小说创作的最高成就。

在1964年的文艺界整风运动和"文革"时期，舒群再度被打倒，饱受种种迫害，手头许多珍贵的资料、手稿都在"文革"中遗失。舒群被下放至农村、矿厂，但是，在多年的流徙生涯里，他始终没有停笔。比如，舒群在延安《解放日报》担任副刊主编时，曾与毛泽东有过长时间的接触，以此为基础，在这一时期，舒群完成了三十多篇"毛泽东故事"系列短篇小说，歌颂领袖毛泽东的光辉形象，如《杨家岭夜话》《藕藕》《延安童话》等，其中部分小说在后来得到发表。

舒群此一时期的创作，呈现出以下特点：一、创作风格突变，由以前的细腻哀婉转而变为粗糙、清浅、乐观。二、艺术质量一落千丈，无论是语言功力还是结构艺术，成就远比不上抗战时期。三、创作数量急剧减少，既是因为公务缠身，更是因为改造后再也找不回习惯的书写方式。唯一值得一提的创作成就是工业题材长篇小说《这一代人》。


## 三、新时期

1978年后，舒群彻底平反，重返文坛，创作了许多感人至深的新作品。他在《人民日报》《人民文学》《当代》《鸭绿江》《哈尔滨文艺》等刊物、报纸上发表了十多个短篇小说，如《少年chen女》《别》《我的思忆》《醒》《美女陈情》《金缕传》等。

最能代表舒群这一阶段文学创作特点的作品，是他在1981年荣获全国优秀短篇小说奖的《少年chen女》，小说发表于《人民文学》1981年第4期，发表后广受好评。孙犁评论《少年chen女》时说："他写的并不是什么所谓重大的题材，也不是奇特的惊人案件，也不是边疆风光、异国情调。他所写的，简直可以说是到处可以见得到的生活，是宿舍见闻，是身边琐事，是就地取材。但以他对这一生活的细密观察，充分认识，深刻感受，就孕育了当代生活的一个重大主题，一个震撼人心的故事，一个大量存在，而急需解决的社会问题。"①小说主要刻画了温情、敏感、自尊心极强的女学生李晨的形象，通过李晨内心的创伤、她自尊受挫以及自杀被救回后的幡然悔悟，揭露了"文革"浩劫给年轻一辈造成的心理伤痕，更展现了"新时期"来临后，社会逐渐步入正轨，人们的生活也慢慢好转，心理上的创痛也逐渐平复。

这一阶段是舒群文学创作新的高峰，不仅因为他的小说获得了全国优秀短篇小说奖，更因为他历经磨难后，非但没被击倒，反而在新时代的鼓舞下，再度出发，将才华和能量重新倾注在文学创作之上。

这一时期的舒群创作有以下特征：一、文笔清新简练，相比前一阶段的粗陋，已改进不少。二、思想上并无多少深意可待挖掘，不过从整体上看，舒群还是准确地把握到了新时代的脉搏，作品中洋溢着劫难过后的乐观。三、就艺术质量而言，这一时期的作品仍远逊于第一阶段的创作。在贡献了极少作品后，舒群很快终止了创作，留下了不尽的遗憾。

---

① 孙犁：《读作品记（五）》，《新港》，1981年第6期，第25页。

# 第二章　舒群小说的人物群像
## 与题材选择

文学史一般将舒群视为"东北流亡作家"之一。东北作家自九一八事变以后，逐渐分流，一部分留守在日伪统治下的沦陷区，继续坚持文学创作，一般称为"东北沦陷区作家"，如袁犀、爵青等，另一部分离开东北故土，流亡关内，以其作品中独特的审美意识、政治意识震惊关内民众，如萧军、萧红、舒群、端木蕻良等，他们的创作被称为"东北流亡文学"。正如论者借用勃兰兑斯的术语所指出的：

> "十四年东北流亡文学"，是指1931年9月18日日本帝国主义发动"沈阳事变"并武装占领东三省，到1945年9月3日日本侵略者退出东北这十四年流亡关内的东北籍作家，或非东北籍，但长期生活在东北的"准东北籍"作家所写的反映东北生活的文学①。

以"流亡"一词来概括萧军、萧红、舒群这一批东北作家基本是准确的。《现代汉语词典》对"流亡"一词的定义是："因灾害或政治

---

① 沈卫威：《中国现代文学史上的"东北流亡文学"——从"概念"、关系上阐释》，《东北流亡文学史论》，河南人民出版社，1992年版，第181页。

原因而被迫离开家乡或祖国"[1]。但是，"流亡"更多是对这一批作家身份的指认，更近于一种政治性的描述，而面对舒群这一个作家，尤其是面对他小说中的众多人物，如果用"流亡"一词来概括他小说中人物的生存状态，是不够准确的。换用"流徙"一词，则相对更为准确。

《现代汉语词典》的定义对"流徙"一词的定义是"到处流动转徙，没有安定的生活"[2]。相对于"流亡"这一身份的指认，"流徙"更多是一种状态的描述，指的是一种流动不居、居无定所、辗转流离的生存状态，这一词语，更适合描述舒群小说中的人物。这些人物中，有流亡者，但也有不少并非处于流亡状态，而只是因为战争，漂泊无根，转徙四方，或是避难，或是征战，或是移居，等等。我们可以将"流亡"视为"流徙"状态的一种，而以"流徙"一词概括舒群小说中的种种人物更为准确。因此，我们将舒群以战争为背景的小说中，那些处于无根的流离状态的人物称为"流徙者"，这些流徙者构成了舒群小说的主要人物，也是舒群小说中最为动人的人物系列，即本章的主要论述对象。舒群在小说中关注战争背景下各种人的生存状态，尤其是处于流徙状态中的人们。

舒群关注流徙者的人生，首先与他的个人经历息息相关。舒群幼年家境贫寒，为了生存，自小随着家庭辗转各地，度过了颠沛流离的幼年生涯。九一八事变后，舒群加入了义勇军，随着义勇军转战于东北的白山黑水之间。不久，舒群又流落至青岛、上海等地，直到1940年，舒群辗转来到延安。新中国成立后，舒群屡遭不公待遇，"文革"期间，舒群又经历了长期的流徙生涯。可以说，舒群在其一生中，不断追求心中的理想，又不断为现实所击打，他的人生是波折坎坷的一生，也是流徙的一生。个人生涯使舒群对流徙者的命运有着切

①《现代汉语词典》，中国社会科学院语言研究所词典编辑室编，商务印书馆，2002年版，第812页。
②《现代汉语词典》，中国社会科学院语言研究所词典编辑室编，商务印书馆，2002年版，第812页。

身的体认与同情，也对流徙的生命状态有着深刻的体会，他深知流徙者所可能遭遇的一切苦痛、折磨、绝望、欣喜。所以，舒群对流徙者的书写才能如此真切动人。

舒群关注流徙者，更在于他对东北大地和东北人民的深切关注与同情。九一八事变以后，东北处于日本的统治之下，东北人民过着奴隶般的日子，一方面，他们要忍受家园沦丧的耻辱，更要承受现实生活的种种艰难。他们中有的人不甘受异族统治，选择流亡至关内，寻找新的可能，有的人因现实生活所迫，辗转各地，试图以逃难维持起码的生存，更有一些人，选择在东北大地上转战四方，只求有朝一日能收复故土。东北同胞的流徙生涯让舒群心痛、同情、感动，因此，他将流徙者的生涯在小说中呈现出来。因而，舒群书写流徙的根本原因是日本的入侵，以及在家园沦丧后东北人民的命运给予舒群的触动。

比如，《蒙古之夜》中，"我"是一名战士，参加了抗日游击战争，队伍败走，伙伴逃散，"我"只得独自上路，躲避敌人的追踪。"我"并无特定目的地，只知拼命地四处奔走。又如在《婴儿》中，年轻的妇人怀着身孕随乘客一起逃难，并在船上产下一子后死去。类似的例子还有很多。在战争的背景下，舒群小说中的人们或是避难，或是参军，或是战败后溃逃，或是远走异地，去寻求新的可能性，于是，便在流徙中辗转生存。流徙者大致分为三类：异国的流徙者，流徙的战士，流徙的平民。

## 第一节 异国的流徙者

东北三省，尤其是舒群的出生地黑龙江，因为在地理上与苏联、蒙古、朝鲜接近，因而聚居着很多旅居此地的外国人。舒群的幼年成长地是一个叫作"一面坡"的小镇，这是哈尔滨到绥芬河线上的重点站，混居着各个国家、民族流离而来的人群，异常热闹，有日本、白俄的娼妓，朝鲜的流民，苏联的工人、学生等。[①]自小生活在异族混居的环境下，舒群对不同民族流徙者的生活非常熟悉，因而，他也经常在小说里，表现这些流徙者的生活状态。

这些流徙者，首先需忍受失去故园的哀伤，他们逃到中国东北，只为寻求自由，或者继续抗击日本侵略者。比如在《没有祖国的孩子》中，朝鲜孩子果里随哥哥从祖国朝鲜逃到中国东北，只因为母亲不愿意让兄弟二人继续过亡国奴的生活，试图让他们来中国寻找自由的可能。在《海的彼岸》中，他是朝鲜贵族的后代。朝鲜被日本占领后，他暗杀了一个日本的将军，逃亡到中国，从事秘密抗日活动。他的母亲为了支持他，不让他有所牵绊，选择独自留在朝鲜。不甘处于被奴役的命运、希求自由或反抗，正是这些人流徙异国的重要原因。

不过，当他们真的来到中国后，他们仍然要面对种种艰难。首先是生存的艰难。《没有祖国的孩子》中，果里来到中国后，一直以放牛维持生存。果里非常羡慕学校里的孩子，可是他上不起学，因为他的母亲还在朝鲜，需要他供养，而放牛是他们一家主要的收入来源。《邻家》中的房东和她的女儿也是朝鲜人，也是从日本统治下逃到中国来的。"我"租了房东的房子后，发现这对母女只能依靠女儿卖淫为生，还常常被中国嫖客欺侮。作为异国流徙者，他们并无多少生存的技能，流落至中国后也很难找到谋生的空间，因此，在中国维持生存对他们来说都异常困难。

对他们来说，更痛苦的是亡国后的耻辱感。朝鲜末代王朝亡国后，他们就此被打上了"亡国奴"的标签，这一身份使他们时时受到别人的嘲笑和歧视，这使他们在精神上遭受了极端的耻辱。《没有祖国的孩子》中，果里经常受到苏联学生果里沙的嘲笑。在果里沙看来，朝鲜人都是懦弱无能的，正是因为他们面对日本的侵略不予抵抗，这才导致亡国。小说中写道，果里也希望能跟我们一起上学，果

---

① 董兴泉：《舒群是怎样走上文学道路的》，《舒群研究资料》，知识产权出版社，2010年版，第83页。

里沙立刻对这一想法表达了鄙夷：

> 果里把我的名字呼出来。果里沙窘了。果里便摆头向我
> 们所有的同学问："果瓦列夫是中国人，怎么行呢？我是朝
> 鲜人，怎么就不行呢？"果里沙打了两声口哨后，装作着苏
> 多瓦给我们讲书的神气说："鲜？在世界上，已经没有了鲜
> 这个国家。"这话打痛了果里的脸，比击两掌都红，没说一
> 句话，便不自然地走开了。[①]

　　果里沙的态度深深地刺痛了果里，他自己偷偷酝酿着复仇计划。在一次随队行进中，他杀了一个日本兵，还偷逃出来，并以自己的勇敢无畏赢得了果里沙的尊重，并和"我"、果里沙成为同学、朋友。《邻家》中，"我"的朋友均平看不起房东母女二人，认为她们是亡国奴，根本连中国街道的凳子都不配坐，只配坐石头。小说最后，当均平再以嘲讽的语气让她们坐石头时，房东愤然回击，告诉他，现在也该他去坐石头了。因为，"那天，恰好是九一八事变的第二天。"[②]

　　在中国，异国流徙者被一些中国人嘲讽为亡国奴，深受心灵的创痛，不过，他们的艰难处境依然得到了很多中国人的同情，舒群在小说中展现了中国人的同情之心和国际友谊。《没有祖国的孩子》中，"我"对果里一直抱以同情，并和他成为患难之交。《邻家》中，"我"和房东母女二人渐渐相熟，并在很多时候施以援手。中国朋友的同情与支持是他们在异国重要的慰藉，温暖了他们孤独冰冷的心。

　　然而，现实是残酷的，随着九一八事变的发生，中国东北很快也被日本占领，他们的自由理想再无出路，本就无根的他们再度陷入绝

---

① 舒群：《没有祖国的孩子》，《舒群义集·第一卷》，春风文艺出版社，1984年版，第5页。

② 舒群：《邻家》，《舒群文集·第一卷》，春风文艺出版社，1984年版，第110页。

境，甚至会死无葬身之所。现实使他们的绝望、痛苦步步加深，也使小说笼罩在伤感之下。舒群有意使异族人的亡国与东北人的亡国交相呈现，倍增了亡国的哀伤，而这一切皆因日本的入侵而造成，如此的书写模式，更能唤起人们的爱国之情与抗敌之心。

## 第二节　流徙的战士

舒群的小说还展现了另一类流徙者，即抗日的战士。不过，舒群很少正面歌颂这些抗日战士的光辉形象，他不写这些战士如何在战场上智勇兼备、侠肝义胆，也不写他们如何英勇杀敌、战功赫赫，舒群更多地写那些抗战士兵中的战败者、溃退者、逃难者。

在小说《战地》中，大部队从前线退败下来，剩下我们二十多人，我们在行进中躲避着敌人的追击。《誓言》中，我们这群学生兵从未经历过实战，当真的亲临战场，我们根本无力杀敌，只能慌不择路地到处逃命。《蒙古之夜》中，"我"在大部队溃败后，只能一个人踏上漫漫逃亡路，直到被一个好心的蒙古姑娘收留。不难发现，舒群不预设抗日战士的光鲜崇高的形象，而是多角度呈现抗日战士，即便写抗日的士兵，很多也是困入窘境的战败者、溃退者、逃难者，只因为在战败与溃逃时，是人最脆弱、最疲累、最无助的时候，在这样的情况下，人但求活命，不择手段，早已无心掩饰，因此最容易流露出自己的本性。舒群的这一选择甚是明智，很容易写出人性之深邃、复杂。

于是，舒群笔下的战士呈现出复杂性。一方面，这些战士爱国、勇猛、果敢、无私。比如，《战地》中，刘平临死前还要让我们带上他的枪和子弹，好继续杀敌。《祖国的伤痕》中，他在抗战时受到枪伤，手腕因此落下残疾，不过，他还是决绝地告诉"我"，当他伤好了，他还是要回到前线。《松花江的支流》中，江星军舰上的战士们为了抗敌，密谋使军舰摆脱日伪政权的控制，事情泄露后，他们终于抵挡不住敌人围剿，军舰受重创后沉入水中，战士们在殉国前发出"中国万岁"的最后呼喊。这些战士心心念念于杀敌救国，早已将个人生死置之度外，舒群在小说中也不遗余力地展现他们的爱国之心。

然而，抗日的战士也是凡人，他们也会懦弱、犹疑，他们也会狠决、粗暴，他们也会自私、贪婪。在《誓言》中，战士们由出发时的慷慨激昂转而陷入恐惧、绝望中。在《战地》中，姚中和刘平一直是好友。在逃难中，姚中中弹负伤，他两只手握住刘平的脚腕，期望刘平救他，带着他逃难，刘平却果断地从腰中抽出匣枪，向姚中的头上开了四枪。《老兵》中的张海为了抗日，情急之下将无辜的妹妹杀死。舒群无意唐突抗日战士，而是要写出战争背景下人性的种种复杂呈现。

进一步说，舒群的描写也并非自编自造，在全民抗战的背景下，抗日队伍的成分本就复杂，并不全是纪律严明的正规军。即便是正规军，在溃败逃命的情况下，也有无暇顾及军纪之时。比如在《誓言》中，当我们这支临时拼凑起来的学生兵在逃难时，饥肠辘辘，走进一个村落。小说中写道：

> 这里，只有二十几户人家；然而不知什么时候多半是逃走了；余下的几家全是些老太婆小孩子守着自己的破房屋；年轻的姑娘，媳妇，我们没有看见一个。我们的第一次饭，几乎是搜尽了每升小米和苞米，再几次饭就成了绝大的问题。而且这里的住户不断地哀求我们说："老爷们，你们高高手，让我们多活几天吧。你们再走几里路那就是王家大院。"[①]

又如在《农家姑娘》中，队伍经过苦战，总算是击败了一处敌军，不过，战士们早已又累又饿，于是，队伍开进了某个乡村：

---

① 舒群：《誓言》，《舒群文集·第一卷》，春风文艺出版社，1984年版，第136页。

我们呢，虽然是胜利了；但是那种兴奋、快感，也只能稍稍解除些我们的疲倦，却解除不了我们的饥饿；所以，除去负有勤务之外的人员，完全散开了，七八人一群，三五人一群，也有一两人的，自动地去找自己的吃食。我看看附近的几家大院，已经满了我们这些饿狼，在争抢着地主的那匹小驴，我便偷偷地离去他们，一个人独自走开了。[①]

在这两处生动的描写中，抗日战士在又饿又累的情况下，不得不拿走了百姓的粮食。这样的情况，舒群在早年参加抗日义勇军时曾经见过，所以，他将这些情况在小说中反映出来。这样的写法更能见得复杂的现实与人性。战士是抗日战争中的主角，舒群敢于写出抗日战士的种种缺陷、弱点，并非丑化抗日战士，相反，正因为战士们是一群有血有肉的凡人，有疼痛，有缺陷，他们的爱国之情、他们的舍身抗日才显得如此动人。

## 第三节 流徙的平民

舒群还在小说中描绘了战争背景下流徙的平民。在战火的威逼下，平民中的少数人会拿起枪杆，走上抗敌战场，成为战士，不过，多数平民依然只是手无寸铁的弱者，他们只能在流徙中尽量避免战火所带来的伤害，不过，战争的残酷就在于，大多数时候，伤痛无可避免，他们只能以柔弱之躯承受着战争所强加的一切创痛——暴力、流血、别离。

流徙的平民大多是为了维持起码的生存，故园难有生存的空间，他们转徙四方，寻求生存的可能性。《水中生活》里，年轻的姐姐带

---

① 舒群：《农家姑娘》，《舒群文集·第一卷》，春风文艺出版社，1984年版，第149页。

着两个弟弟漂泊到此地，姐弟三人每天以卖花、卖烟艰难为生，整日在死亡线上挣扎。姐姐在无奈之下，接受了旅馆刘先生的钱财，也便将自己卖了出去。弟弟拒绝接受姐姐的卖身钱，带着小弟弟离家出走。《贼》这一小说中，因为无力谋生，小张选择做贼。他的父亲老张起初极力反对，到最后，也逐渐默许了小张的选择，因为生活早已让他们走投无路。面对生存的艰难，这些平民中有的人隐忍苟活，有的人逐渐堕落，更有一些人铤而走险。舒群平静地写出流徙中人们的种种选择，并未对此加以主观评判，只是抱以深切的同情和关注。

在流徙中，他们还要承受精神上的无助与孤独。漫漫的逃亡路上，并没有可以依靠的同伴和友人，他们也不能很快融入异地的环境，于是，他们只能依靠自己，一旦危机来临，他们大多时候都会陷入绝望。《难中》里的逃难老妪和她的孙女买不起船票，偷偷上船，很快被检票员发现，被勒令在下一个码头下船。她们无路可走，船上其他的难民也爱莫能助。老妪无助之下，用"我"送她的丝绳偷偷地自杀身死。身体的孤旅伴随着心灵的漂泊，面对现状和未来，他们陷入了长久的困惑与迷茫之中。

舒群更会写出这些人的可贵，即便处境再艰难，都不曾泯灭对敌人的仇恨和至深的爱国之心。《婴儿》这一小说中，逃难的少妇在船上诞下一子，不久便死去，然而，在她死后，"我们从婴儿的手腕上，发现了已经透入皮肉的几个字迹：东北好男儿，马革裹尸归。母绝笔。"①在此之前，小说并未交代少妇为何而逃难，更未交代少妇产子及死前的内心活动。然而，当婴儿手腕上的字迹被大家看到，一切真相大白。逃难正是因为敌人的入侵，或许孩子的父亲也在战场上死去，而少妇直到产子、临死都无法克制对于敌人刻骨的仇恨，因此，她这才拼尽最后一点力气，将遗愿刻在儿子的手腕上，希望儿子勿忘国耻，舍身报国。

---

① 舒群：《婴儿》，《舒群文集·第一卷》，春风文艺出版社，1984年版，第375页。

舒群还写了流徙平民中的一类特殊人物：知识分子。战火之下，相比于普通平民被放逐出现实家园的创痛，知识分子还多了一层丧失精神家园的创痛。彼时，生存尚且举步维艰，他们魂牵梦萦的艺术、知识更加没有容身之所，这对他们的伤害更甚。

　　《画家》这一小说中，年轻女画家被迫和丈夫离别，独自开始流亡生涯。离别前给丈夫画的像成为她最重要的精神寄托，一直被她带在身上。在流亡生涯中，除了面对生存的艰难，她和她的画还屡屡遭受羞辱。当她发现最钟爱的画像自己再也无法赎回，精神终于彻底崩溃。①小说中，她并不在乎对她本人的羞辱，最让她痛苦的是，她所钟爱的艺术也频频被人践踏，终究使她陷入绝望。

　　《一位工程师的第一次工程》中，他是刚刚从国外毕业回国的土木工程系高才生，立志做一名优秀的工程师。不过，他归国不久，九一八事变发生，他找不到工作，只能四处逃亡。他没有收入，只能变卖自己钟爱的书本维持生活。最后，他摆起一个小摊，买卖旧书。小说写道，这也算是他的"第一次工程"②，然而，这"第一次工程"却充满了讽刺意味，战争的蔓延使得他没能找到施展才华的机会，曾经多彩斑斓的精神世界终归只能陷入黯淡无光。

　　在对流徙者的书写中，舒群不正面写战争、战场的残酷面目，战争对舒群而言只是一个遥远的背景，他只是要写这些流徙平民的日常生活。他不带有声嘶力竭的呼喊，不刻意渲染对于敌人的仇恨，只是冷静地描画这些平民的生存状态。只是，当我们细细读完小说，又会陡然醒悟，这些流徙者在生活中艰难辗转，不正是因为战争所致？

　　舒群自己曾说："我们应当注意我们作品的公式化。一个初学写作的人，尤其是应当避免。由于专凭着一个单纯的合理观念去处理题

---

　　① 舒群：《画家》，《舒群文集·第一卷》，春风文艺出版社，1984年版，第313页。

　　② 舒群：《一位工程师的第一次工程》，《舒群文集·第一卷》，春风文艺出版社，1984年版，第334页。

材，这遗恨就常常发生。其实每一种题材都会包含着一种较高的意义，只要我们能比较地从各个角度去观察，发掘它，我们就可能得到适当的处理手段也就不会流于公式化的毛病。"①舒群并未试图以小说宣传抗日，以人物的悲惨命运印证抗战的必要性，他只是写出了抗战背景下的人生百态，从而达到了很高的艺术水准，使我们从更为深广的角度思考这场战争。

## 第四节　流徙中的生命情态

前文已述，舒群在他的主要作品中，书写了三类流徙者。我们需要进一步追问，流徙的生涯带来怎样的生命情态？

流徙是在一种流动的状态中，在这一状态中，家园沦丧，前路未卜，人物早已失根，他们并不知道出路何在，于是，只能如水上浮萍，飘来荡去，居无定所，甚至死无葬身之地，终究难以叶落归根。

《谎》这篇小说中，为了逃命，女儿试图带着老母入关，南下北平避难。母亲却不肯，她要等被日军逮捕的儿子回来。女儿却清楚，哥哥们回来遥遥无期，因此，只好谎骗母亲，哥哥们也会随后赶到北平，母亲这才同意随她南下。七七事变爆发，女儿只能再度南下上海，只好再次谎骗母亲，说这次是回家。车到济南，女儿还想撒谎说这是沈阳，不过，她发现自己越来越无法圆谎，很快会被母亲发现。②小说中的她一个接一个地编织着谎言，只为能使母亲安心，方便进一步逃难。"谎"的接二连三，表征着她们永无栖留之所，只能在不停的行进中，慌不择路地奔向未知。

既是在流动中，一定会遭遇未知，既是未知，则一定会有各种可能。战争状态下，最大的可能便是创痛，舒群小说中，最具感伤气息

---

① 舒群：《我的意见》，《文学界》，1936-8-10（1）。

② 舒群：《谎》，《舒群文集·第一卷》，春风文艺出版社，1984年版，第406页。

的是抗日战士牺牲后带给家人的创伤。

《孤儿》这一小说中，友人曹维当初和"我"一起参加抗日军队，他的儿子小村方才六七岁，不让他离开，不过，他终究还是抛弃妻子，奔赴战场。一年以后，"我"来到曹维家，只有仆人和小村还在。仆人告诉"我"，日军知道小村的父亲参军以后，将小村的家人全部逮捕。她为了瞒着小村，骗小村他的家人是去找曹维了。小村看到我，认出"我"是他父亲的战友，问"我"父亲在哪里。我看小村的处境已经如此孤苦，本想说出的话又咽了回去——他的父亲已在半年前战死。①

对战争所致的创痛，很多作家惯于如此处理：正面展现并进一步渲染创痛，从而更加昭彰敌人的恶行，以便激发人们的仇恨和爱国抗敌之心，小说中的人物也大多因此顺理成章地走上抗战道路。比如，萧军《八月的乡村》中的李七嫂，情人和儿子被日寇杀死，自己也遭奸污，因而拿起枪杆，走上战场。②田汉《丽人行》中的刘金妹，被日寇强奸后，走投无路，终究走上抗日道路。③在这些作品中，切身仇恨升华为对所有侵略者的仇恨，终究成为杀敌的动力所在。这些作品更习惯于使个人情感在作品最后得到升华，从而使个人创痛消融在抗战的宏观话语中。个人彻底融入宏观话语，似乎是不容置疑的，个人的创痛、感受最终被汇入一个宏大的声音。所以，也就不难理解，这些作品虽写出了人物的悲惨遭遇、敌人的滔天罪行，终究要指向奋起反抗，通篇也呈现出昂扬乐观的面貌。这样的小说，自然可以以慷慨激昂的书写唤起人们抗日的勇气。

舒群的小说却选择了另一种写法，他很少为民族大义而呼号，他

---

① 舒群：《孤儿》，《舒群文集·第一卷》，春风文艺出版社，1984年版，第187页。

② 萧军：《八月的乡村》，《中国现代文学百家·萧军代表作》，中国现代文学馆编，华夏出版社，1998年版，第3页。

③ 田汉：《丽人行》，《丽人行：二十一场话剧》，中国戏剧出版社，1959年版。

没有那样的宏愿，意图以创伤的书写，最终指向创伤的制造者，以便唤起切齿的仇恨和抗敌的决心。他只是以关切的态度，诚挚地写出了在战争无可避免的情况下，给战士、平民造成的永难弥合的忧伤。因此，和其他人的小说相比，舒群的很多小说通篇都弥漫着哀婉气息。这样的书写方式，注定会招来非议，因此，舒群其后在延安被改造，也就势所必然。

我们也因此可以理解，舒群为何很少用笔墨正面描写战场，在舒群的笔下，战争的敌对方很多时候是面目模糊的，甚至根本就是不在场。小说《誓言》中，"我们"从头至尾都在奔逃，只为躲避敌人的追击，敌人却从未正面出现过；小说《战地》中，"我们"也是逃命的士兵，小说中也从没有敌人现身，只有稀稀落落的枪声和流弹。

正因为小说中敌人不在场，舒群的小说少有对敌人丑恶面目的刻画，少有对敌人种种暴行的渲染，少有声嘶力竭的呼喊，也少有民族大义的声张，他不塑造战场上的英雄人物，不塑造苦大仇深的复仇者，他只是至深、至真地细细体察，凝视着战争背景下的众生相——孩童、退败的士兵、知识分子、工人等。在舒群的小说中，战争既是面对敌人的战斗，更是一种可怕的、未知的力量，攫住小说中的每一个人，时时展示着命运的无常。战争的狰狞一面直接指向了死亡，小说中的人物笼罩于死亡的阴影之下，往往在某一时刻便被突然吞噬。

舒群也有少数小说正面描写敌人，然而，这些作品中并不成功。比如《婚夜》，因为家里缺钱，小兰便被卖给远方的张家，哥哥惧怕日本兵，在途中便抛下她不管。小兰只得硬着头皮自己赶路，在日本兵的岗哨，她受尽了日本兵的羞辱。小说对受辱的过程有详尽的描写。小兰总算侥幸过岗，稀里糊涂地和陌生的张家男人锁子结婚。更不幸的是，当晚日本兵到了张家抓丁，勒令锁子第二天就必须赶往前线。[①]这篇小说以粗线条勾勒小兰的凄惨命运，简单粗糙，没有舒群

---

① 舒群：《婚夜》，《中国现代文学百家：舒群代表作》，中国现代文学馆编，华夏出版社，1998年版，第129页。

小说一贯的细腻神采。这似乎给我们以提醒，对一些作家来说，正面描写敌人的写作模式可能并不适合，敌人越是明晰，批判意味越是浓厚，批判的指向越是清晰，艺术质量也许反倒不高。

流徙也会邂逅陌生的人、陌生的境遇，从而促使新的生命情态生成，使生命轨迹发生改变，打开新的面向。在小说《秘密的旅途》中，王之民是一个向往苏俄的进步青年，他来到中苏边境的东宁，试图偷偷潜入苏联。本地姑娘小兰为他带路，助他进入苏联。小兰从未去过苏联，也不解为何那么多人喜欢私自去莫斯科。王之民向小兰描述道：

> 让我这样告诉你吧……因为莫斯科有工作，有饭吃，有许多好玩的地方，不轻视穷人，还收留穷人，人与人都是一样，一样地工作，一样地吃饭，一样地……①

王之民讲述的种种光明景象使小兰被深深地吸引。三年以后，成功进入苏联的王之民成长为一名义勇军的指挥官，带着军队攻入东宁。他打听小兰的消息，才知小兰也去了莫斯科。小说中，小兰带路，改变了王之民的人生，而王之民的一席话也启悟了小兰，使她惊叹原来世上还有那样的圣境，从而重写了小兰的人生。邂逅既意味着未知，也意味着新的可能性。

舒群不正面写战争带来的灾难，不以此激发仇恨和抒发爱国情感，只是写普通人在战争背景下的流徙命运，写流徙下的伤痛与邂逅，从侧面勾勒战争对普通人生活、心灵的种种影响，细腻而发人深思。舒群的小说委婉、细腻地体察着我们真切的生命，因而也取得了独特的艺术成就。

---

① 舒群：《秘密的旅途》，《舒群文集·第一卷》，春风文艺出版社，1984年版，第193页。

# 第三章　舒群小说的思想特质

很多评论将舒群小说的主题定义为反日爱国情感的书写，然而，舒群细腻真挚地体察战争下的流徙人生，如此定义他的小说未免简单。细细考察舒群的小说，我们不难发现，他的思想层面超越了简单的反日爱国情感，对战争下的人生、人性表达出独有的复杂思考。

## 第一节　情感的多面还原

在很多其他以抗日战争为背景的小说中，往往意在突出人物的爱国情感，其他的人之常情早就可有可无，甚至成为亟待去除的阻力所在。但是，舒群不仅仅在小说中表现爱国之情，还试图在小说中表现出其他的私人情感，他会写友情、亲情、爱情、情欲，这些私人情感并不因战争环境或者爱国情感的正当而显得无关紧要，即便私人情感和爱国情感相冲突，舒群也不因此将其掩盖，反倒使其在与爱国情感的碰撞中显得越发浓烈。所以，即便在硝烟弥漫之下，舒群也一定要用自己的笔，复现人性本原的复杂面目，不让其为宏观的爱国之情所窄化。

例如，在小说《舰上》中，"我"在江清号军舰上做实习生，和苏联军舰红星舰毗邻，因而和苏联海军士兵苏斯洛夫交上了朋友，苏斯洛夫对我们非常友好、真挚，即便后来双方开战，我们被苏联俘虏，苏斯洛夫依然友好，还释放了我们。后来，九一八事变发生，我们被收编入日伪政府的舰队，被迫向自己的同胞义勇军开炮。我们无法忍受，因而趁夜色逃离江清号，逃到不远的红星舰上。苏斯洛夫再度收留了我们，并鼓励我们参加苏联境内的义勇军。[①]友谊并不因两军交战而消失，反倒一直在小说中弥漫着动人的温暖。

对亲情最动人的描绘是《海的彼岸》。小说中的他是朝鲜贵族的后代，逃亡到中国，从事秘密抗日活动。不过，在朝鲜，挚爱、眷恋着他的母亲依然滞留。有一天，他收到母亲的来信，母亲在信中说自己将不久于人世，想来中国见他最后一面，好不留遗憾地离开这个世界。但是他此时仍不方便跟母亲见面，因为怕行踪暴露。于是，他夜间悄悄来到母亲的住所。母亲听到他的声音，异常激动，想打开灯看看他，他仍有所忌惮而不允许，只约好了次日白天让母亲见一面。第二天，等他来时，母亲已经于夜里死去。[②]在很多小说中，作者对待宏大话语和私人情感态度往往是厚此薄彼的，宏大话语会压抑私人情感，《海的彼岸》却没有扬此抑彼，宏大话语和私人情感都有其正当性，舒群只是客观地呈现了两者的不可调和，以及这不可调和所造成的人性创痛。

舒群更不会回避写战争之下人的情欲。人的情欲不会因为战争爆发而转移、消失，而是一直真实地存在，甚至在战争环境的压抑下更为汹涌。舒群是一个真诚的作者，他直面人所共有的情欲，他喜欢写女性身体尤其女性的乳房来暗示隐隐涌动的男性情欲。

例如，在《秘密的故事》中，青子的身体尤其是舒群关注的重点。开头，"我"斩钉截铁地说："我爱的是她那纯洁的灵魂，从来没

---

① 舒群：《舰上》，《舒群小说选》，人民文学出版社，1985年版，第149页。

② 舒群：《海的彼岸》，《舒群文集·第一卷》，春风文艺出版社，1984年版，第417页。

有对我说过一句欺骗的话。"①但是后来，当"我"看着青子的旧照，又无意识地发现："只是她的胸前，两乳凸起的地方，淡了些原有的衣色。"②叙事人起初坚信自己和青子是精神恋爱，但是他在潜意识里根本就不能忘情于女性的身体。

两人逃亡在外，旅店里，青子不让"我"和她同睡一床，"我"却想："我们为什么不可以睡一张床铺呢？我们不是已经结合的一对爱人吗？"③这分明已经是不能得逞后的懊丧了，叙事人对青子的欲望已经呼之欲出。

到最后，叙事人干脆坦然承认："她在床上，我在地上，总是隔着一段不可突破的距离，隔绝着我一种最大的欲望。"④而青子对"我"的控制之所以奏效，乃是得益于她深谙女性身体的"妙用"，从而获得了对男性的掌控。一句"如果你不忘记你的誓言；此后，我自然是属于你了！"⑤"我"便同意刺杀了。舒群呈现了女主人公青子的身体，又让她的身体勾起叙事人"我"的欲望，青子的身体及其所表征的情欲成为推动叙事人"我"一路忘我狂奔的重要动力。

又如，《肖苓》亦有情欲涌动和挣扎的描写：

　　　　她把我的手移向被边去；可是被我抽缩回来。她用一种烦躁的声调说："你看看，人家的心跳得厉害呢！"于是，我顺从着她，我的手停留在她的脸旁，任她去安放在什么地

① 舒群：《秘密的故事》，《中国现代文学百家：舒群代表作》，中国现代文学馆编，华夏出版社，1998年版，第283页。

② 舒群：《秘密的故事》，《中国现代文学百家：舒群代表作》，中国现代文学馆编，华夏出版社，1998年版，第284页。

③ 舒群：《秘密的故事》，《中国现代文学百家：舒群代表作》，中国现代文学馆编，华夏出版社，1998年版，第344页。

④ 舒群：《秘密的故事》，《中国现代文学百家：舒群代表作》，中国现代文学馆编，华夏出版社，1998年版，第345页。

⑤ 舒群：《秘密的故事》，《中国现代文学百家：舒群代表作》，中国现代文学馆编，华夏出版社，1998年版，第349页。

方。"你的脸，怎么红啦？"她指着我，我更觉得脸火热了。她把头藏进被边里，整理一下衣服，然后又把被边退落些，露出她健美的胸膛来。我警告她："加小心，受风啊！""我不怕。"她把我的手丢落在她胸膛上的时候，她问："厉害吧？""是的！"我答应了她，我的手赶快地从她的胸膛上隔开了一些距离。①

这段话生动展现了肖苓和"我"之间的暧昧情愫。周立波曾对舒群作品中的情欲描写提出非议："最近，我觉得舒群的作品还有一个小小的缺点，他有几篇小说，带有几分 Erotic 的倾向，像《农村姑娘》《肖苓》，甚至于《蒙古之夜》，都患着这种毛病，这是要妨碍他的社会主题的明确性的，他应该把主题抓得更紧，减少一些和主题发展没有关系的关于女人的挑拨的描写。"②这样的批评恰恰印证了周立波与舒群文艺观的不同，在周立波那里，小说只需要集中书写"爱国"的主题，其他层面的关注是小说的赘余，舒群的创作因而略显枝枝蔓蔓。不过，舒群正是要还原战争之下的人性面目，而不让其为单一的爱国情感所拘囿，所以，对情欲的描写反倒可能是对小说的一种丰富。

## 第二节　人性向度的多层次开掘

当舒群复现出基本的人性情感，他的小说也便进一步追问，在战争的背景之下，人性到底能展现出怎样多面复杂的向度，追究这一问题，一定饶有趣味。舒群在《秘密的故事》这一小说中给出了精彩的答案。作为"东北流亡作家"的一员，舒群是一个几乎被文学史一笔

① 舒群《肖苓》，《舒群小说选》，人民文学出版社，1985年版，第50页。
② 周立波：《一九三六年的回顾小说创作——丰饶的一年间》，《光明》，1936-12-25（2）。

带过的作家，公允地说，他的《秘密的故事》确是一篇被忽略的中篇杰作。小说展现了在战争背景下女性复杂多样的人性向度。

小说中，"我"当年与女主人公青子热恋，其后日军占领东三省，二人因故暌违。在母亲施压下，"我"和一个护士——苓子结婚。不过，"我"并不爱她，仍然心系旧情。在"我"快要因感动于苓子的贤惠而安于生活时，青子却突然重新出现，"我"旧情复燃。"我"后来发现，青子已然加入秘密抗日队伍——义勇军，并嫁人生子。不过，我仍相信，她依然爱"我"。在她丈夫死后，"我"决心和她私奔。私奔前后，"我"渐渐发现，苓子为了民族革命，已然泯灭人性。她亲手杀子，并命令"我"执行暗杀，行刺失败后"我"被捕入狱，青子逃脱，两人再度失散。

在小说中，舒群不删减、否定任何话语，而是试图让各种话语在小说中共存。这样低调的叙事视角，其实为小说开出了一片广阔的空间，一处话语的林中空地，人性的诸种向度都得以展示，各色的情感波澜姿态横生，各种伦理、话语在这里碰撞与纠缠，爱国主义、民族主义、亲子、夫妻、情人等，诡异、矛盾、芜杂却又生机勃勃。

这为小说提供了一种全新的视角。如福柯所说，一种全新的目视洞穿之下，往往带来结构上全面而根本的转换。①对民族战争题材，或者是对战争中的女性想象，全新的"目视"，则意味着一种全新的写法，一种人性向度的多层次开掘。那么，顺理成章的追问是，它"新"在何处？

在民族/革命战争题材小说中，如果写到抗战中的女性，常见的模式其实便是写投身抗战的女战士。小说便会将女性彻底男性化，成为革命/战争中的枪杆，比如《野火春风斗古城》里的金环、银环，《铁道游击队》里的芳林嫂，《新儿女英雄传》里的杨小梅，等等。这些作品与人物都较为简单，对女性做"减法"，将女性人物简化到最

---

① ［法］米歇尔·福柯：《临床医学的诞生》，刘北成译，译林出版社，2011年版。

低限度，与男性战士/革命者差堪比拟。

在这些作品中，战士/革命者的身份是具有优位性、排他性的，其他身份相较之下必然是微不足道。这不仅表现在它比其他身份更重要，更表现在对其他身份的彻底摒弃。于是，牺牲一己私利乃至自己、爱人或亲人的性命以维护革命利益也就势所必然。这些作品一定不遗余力地将选择时的诱惑、痛苦、短暂的犹疑以及最终忍痛后的斩截无限放大，不吝以最动人的笔触渲染其间的张力。也正因此，这些小说基本看到开头便能猜到结尾，呈现出模式化的面貌。但这样的模式化，也许正是意识形态宣传所需要的。

不过，女性本应有着多重身份，比如母亲、妻子、朋友、情人、国民、革命者等，也因此注定会有多种情感和人性的向度，她会爱孩子、爱丈夫或者情人，也会爱国、忠诚于党、献身于革命。这其中部分人性向度是私人性的，也有一部分是宏观性的。但在一些文本中，为了革命大义、民族大义的宣扬，或为了意识形态宣传，文本难容多重话语的共存，私人话语因为宏观话语的鼓荡而被芟减尽净。民族主义话语的正当性早就不容置喙，作品也只需突出表现女战士，表现其爱国热情与能征善战，其他的人性向度早就可有可无，遑论女性独有的向度。战争中的女性形象也便单一化、模式化。如此想象战争中的女性、如此呈现人性向度显然太过简单。

《秘密的故事》展现出更丰富的可能，多种话语在这一小说中共生、碰撞、纠缠，舒群至少为我们展示了，身处战争中的女人，人性的向度依然多样，甚至更为复杂诡异。我们可以借用路德维希的"克娄巴特拉传"①的标题，将其表述为：情人、母亲、战士和妻子。小说中，舒群以"青子"这一女战士为中心，同时表现了"我"的母亲、苓子等女性形象，舒群至少展示了战争中女人的四个维度：情人性、妻性、母性、暴力：

---

① ［德］埃米尔·路德维希：《情人、母亲、战士和女王——克娄巴特拉的故事》，陈卫斌译，辽宁教育出版社，1998年版。

一、情人。"我"对青子的眷恋无时或已，一俟重逢，更形炽烈。与此同时，青子却对我早已失去兴趣，只是心系抗日大业，只因利用"我"对抗日仍有所帮助，才与我虚与委蛇。"我"对此并无感知，沉溺其中不能自拔。"我"的一厢情愿和青子的周旋不已形成张力，成为小说主要的推动力。行礼如仪的夫妻之情当然不能有此伟力，唯有逾越伦常的虐恋情深才能成为摧枯拉朽的洪流，席卷着"我"抛妻弃母，一路忘我狂奔。这虐恋正如青子给我的一吻："然后她吻住了我一面的脸颊，许久，不肯放开我，好像要从我脸上吻下一块肉，才是终了。"①夹杂着快意和痛苦的诡异感觉，使"我"既害怕又沉迷不已。

二、妻子。小说对"我"的妻子苓子着墨甚多，并将她的贤惠写到极致。不过，诡异的是，越是铺陈她的贤惠，越是反衬出她作为妻子的无力。苓子日复一日、无怨无悔的付出，抵不上青子的一个小动作、一句软语温言，数年来日积月累的夫妻之情，也抵不上年代湮远的旧爱。或许，我们从中并不能读出"我"对青子有多深的情意，反倒看出"妻性"在"情人性"面前的全面溃败。试想，若是当年青子与"我"成婚，她的一言一行还能如此魅惑？

三、母亲。相对于"五四"小说对母爱的极力歌颂，这一小说则要复杂、暧昧许多。母亲爱"我"，但这其中有无私，也有自私，她也伤害了"我"，有主观导致的，也有无意为之的，因而，"我"对母亲也是爱憎交加。小说开头便有交代，自己爱着母亲。可是，当母亲为了让"我"断绝旧爱，藏起了仅存的青子旧照，"我"苦寻无果，叙事人竟这样描述母亲："'你找什么?'母亲问我，她的声调，很不自然，仿佛有些惭愧，有些虚伪，有些憎恨。"②当"我"向苓子提出

---

① 舒群：《秘密的故事》，《中国现代文学百家：舒群代表作》，中国现代文学馆编，华夏出版社，1998年版，第349页。

② 舒群：《秘密的故事》，《中国现代文学百家：舒群代表作》，中国现代文学馆编，华夏出版社，1998年版，第283页。

离婚，母亲不允，并说除非在她死后，深夜，街上乞讨者的手风琴声声入窗，"我"竟起了一种诡异的念头："'要在我死后！'这句话引起了我一种幻想；——想象那琴声是母亲的葬曲了。"①对情感的各个隐秘面、阴暗面的钩沉，造就了这一小说的暧昧与深度。

四、战士。有革命伦理打底，暴力的使用也便获致了正当性，"暴力革命"本是偏正词组，却几乎成了人们习以为常的同义反复。不暴力，怎么能荡涤旧迹，通向未来？人们不会有阿伦特的洞见："革命"一词虽由来已久，本指英国式的"光荣革命"，直至法国大革命以后才染上了血与火的雄浑色彩。这一偏至背后，可能是目的和手段的倒错。②当女性成了女战士，怎能不暴力甚至嗜血。舒群不动声色、详细入微地描述了青子杀子的暴力场景，看似冷静客观，不加评论，立场却隐然由叙事人之口托出。

《秘密的故事》这一小说并非无可指摘，比如，语言不够圆熟，这依然不妨碍小说的可贵，它向我们展示了，在表现抗日背景下的女性时，在表现战争之下人性的向度时，可以有如此丰富的可能，而其中的根本原因便是，舒群在小说中容纳各种话语，让各种话语在小说中共生，更在于舒群对民族主义话语的考察有着一般作者所不及的深刻、审慎。

## 第三节　民族主义话语的深度考察

对一般小说来说，若是以抗日为背景，则一定浓墨重彩地张扬反日爱国的情绪，于是，民族主义话语的正确性自然不容置喙。民族主义当然重要，不过，舒群却对此有更审慎的思考。

---

① 舒群：《秘密的故事》，《中国现代文学百家：舒群代表作》，中国现代文学馆编，华夏出版社，1998年版，第299页。

② ［美］汉娜·阿伦特：《论革命》，陈周旺译，译林出版社，2007年版。

"民族国家"本就是一个舶来的西方概念，传统中国本只有"天下"观。本尼迪克特·安德森说，民族是"想象的共同体"，如何看待它在具体条件下的形成、演变和影响，绝不可简单化①。民族主义话语很可能成为双刃剑，当国家抵御外侮或人心涣散时，它能唤起必要的认同感，而当它被无限鼓荡，则极有可能付出牺牲个人利益甚至泯灭人性的代价。于是，对作品中人物及隐含作者所持有的民族观必须审慎对待。舒群对民族主义话语的态度是辩证的，一方面，他承认民族主义情感的必要性，但是，他也在小说中写道，当民族主义情感被鼓荡到极致，竟会导致人性的扭曲。

小说《秘密的故事》于此显得尤为重要。小说由情爱故事和革命故事叠加而成。然而，在情节的一波三折之外，小说却使读者的阅读惯性一再受到挑战，屡屡让人感觉有诸多轩轾和悖谬。比如，反"常情"。礼赞母爱、母慈子孝本是常情，作者偏要让叙事人憎恶母亲，并层层自述憎母心理；小说中的情感大都是畸形的虐恋，苓子对"我"，"我"对青子，无论对方如何欺骗、伤害，即便再难获得对方的根本性认同，都绝不怨恨，都要竭力付出，直至臻于极致——为之而死。

再如，叙事人担任日伪政府侦缉队的队长，他分明是个汉奸，可是，他又这样纠结，"这种职务，使我如何苦恼着，只有我自己知道。我既不能听从日军的命令，去杀热血的同胞；我更不能等待，让日军杀我。所以，我也做了这样的决定：不是从军，便是逃亡。"②一个抗日战士的故事怎么由汉奸之口讲出，还让汉奸和女主人公旧情难断？叙事人最终狠心抛下孕妻和慈母，可谓冷血。但是，抛弃偏偏又是为了私奔、为了旧爱青子，甚至最终为她搏命刺杀，这又是旧情难断。

---

① ［美］本尼迪克特·安德森：《想象的共同体——民族主义的起源与散布》，吴叡人译，上海世纪出版集团，2011年版。

② 舒群：《秘密的故事》，《中国现代文学百家：舒群代表作》，中国现代文学馆编，华夏出版社，1998年版，第283页。

另外，女主人公怎么和我们想象中的女英雄（比如金环、银环、双枪老太婆等）相去甚远，被写成了一个诱骗旧爱并亲手扼死幼子的暴徒？该是多么典型的革命叙事写法，偏偏赘叙了那么多男人的情路历程，贤妻与旧爱、纠结与背叛。乍看之下，小说多处背离常情，情节芜杂、矛盾，立场混乱，作者到底意欲何为？

余华曾提到，在创作《活着》时，起初他试图用先锋文学的写法，但发现叙述困难重重，当他改用第一人称视角，叙事变得无比顺畅，并获致了深刻的艺术力量。[1]叙述视角原来会对小说产生根本性的钳制。《秘密的故事》也是采用第一人称受限视角，叙事人直面内心，仿佛没有旁人，只是对着自己言说，毫无顾忌，这是一个诚实的叙事人，他事无巨细地和盘托出，无论自己的想法多么百转千回、诡异阴暗。

小说中，叙事人有着多重身份的叠加与矛盾，他是汉奸，也是爱国者，他是忠贞不贰的情人，却又是背叛家庭的丈夫，他是孝子，却又诅咒着母亲。这又是一个相当坦诚的叙事人，他毫无保留地道出所有的心理隐秘：善意、邪恶、脆弱、迷茫、幻灭、冲动、背叛……这样的叙事人，必然会为整个小说提供一个暧昧而犀利的视角，既能真切感受到人生的重重褶皱、矛盾与斑斓，却又极具穿透力，因为他只忠实于自己的内心，故而可以穿过重重话语、伦理的迷雾，直抵最本真的人性。

看似如许的悖谬、疑惑，不过是外在的、话语的轩轾，它们辩证地统一于复杂而矛盾的人性。在人性的烛照之下，各种话语、伦理都暧昧了、模糊了，甚至动摇了，连民族主义话语也不再确凿无疑。写"虐恋"也不过是因为作者试图将各种情感拉伸至极致，使之在小说中抵死纠缠、活色生香。论者甚至可从中读出某种隐喻：青子为抗日奔走不息，甚至扼死幼子、出卖情人而在所不惜，不正是个人与民族

---

① 余华：《我只要写作，就是回家——与作家杨绍斌的谈话》，《余华研究资料》，吴义勤编，山东文艺出版社，2006年版，第28页。

主义话语之间一场歇斯底里的"虐恋"？

我们因而得以目睹如下惊心动魄一幕，鲜有革命、战争题材的小说如是描写女革命者：因生病的幼子拖累自己抗日，青子亲手将其扼死，"我"目睹此事，却已经挽救不及。"我"为此震悚不已：

> "青子，你告诉我，你疯了吗。"我问。她却狂笑了，那种笑脸使我感到恐怖。然后，她拍打着手掌，叫着："我的刑期满了！"
>
> 我摇摆着她的身体，是要她更清醒些听我的话。
>
> "你自由了吗？"
>
> "自由了，至少有了男人同样的自由。"
>
> "可是，青子，你忘记了罪恶！"
>
> "罪恶？谁的罪恶？"
>
> "你的！"[①]

整个小说中，虽然作者对"我"着墨较多，主人公其实却是青子。袁倪不过是一个参照物，代表着常人视角，他的动摇、背叛以及最终的醒悟显明了，他不过是一个软弱的凡人。这里的关键不在于"为革命而杀子"及其背后所表征的为"大我"舍"小我"的革命态度，而在于隐含作者所持的立场，在常人伦理的观照之下，民族革命终究被偏执的青子导演成一场残暴的幻梦。

除了《秘密的故事》，小说《血的短曲之 》和《老兵》也写了战争之下人性的扭曲。清子是日本姑娘，"我"和她已经相爱了两年。中日战争爆发后，她只担心我们两人之间会有不测，"我"却毅然参军并离开清子，清子无奈，只祈求"我"不要忘记她。在一次战斗中，"我"战败逃跑，在混乱中逃进了清子的居所。清子却死死握

---

① 舒群：《秘密的故事》，《中国现代文学百家：舒群代表作》，中国现代文学馆编，华夏出版社，1998年版，第330页。

着钥匙，不让"我"离开，因为门外都是日本兵，若"我"离开，必死无疑，她不想让我冒险。"我"却求战心切，一刀捅向了清子，然后从她手中拿走了钥匙。①

《老兵》中，张海虽说只是部队里的杂役，但好歹也是入伍六七年的老兵。他每天只知浑浑噩噩地度日，仗着自己的妹妹野兰在赵团长家做女仆，而且跟赵团长有染，他得以在部队里逍遥自在，还跟赵团长的儿子赵化雄一起捧戏子、访妓院。九一八事变后，赵团长遵守上级命令，投降日军。赵化雄受周围的爱国气氛感染，参加学生运动，和父亲反目成仇，张海在一次被日军羞辱后，也幡然醒悟，决心和赵化雄一起参与抗日大业。张海和赵化雄杀了张海的妹妹，继而杀了赵团长，张海因此负了重伤。赵化雄带着他一起逃避日军追击，来到一个远处的海岛上。不久，赵化雄独自远去，张海只能在岛上以乞讨为生。②

《秘密的故事》《血的短曲之一》《老兵》这些小说中，主人公为了抗日，不惜杀害自己的儿女、爱人、亲人。舒群对此不是抱着赞赏的态度，而是隐隐地保持着警惕，他只是冷静地刻画出战争之下人性的扭曲。舒群一向是左翼作家，早有《失去祖国的孩子》这类作品发表，他当然无意贬低抗日，他不过试图借此探讨，当民族主义意识被无休止地鼓荡，是否会导致个人的湮灭和人性的斫伤？

---

① 舒群：《血的短曲之一》，《舒群文集·第二卷》，春风文艺出版社，1984年版，第5页。

② 舒群：《老兵》，《舒群文集·第三卷》，春风文艺出版社，1984年版，第176页。

# 第四章 舒群小说艺术风格论

舒群的小说之所以能生成如此丰富的可能，能够给出复杂的思考，在于其体情状物的能力甚是了得。有趣的是，舒群的小说语言其实不够圆熟，但是他具有出色的细节描绘和心理描写才能，即便在表现复杂的情感和场景时，他也可以得心应手。体情状物的才能和细腻哀婉的风格是舒群小说艺术的重要标志。

## 第一节 体情状物，纤毫毕露

舒群体情状物的能力非常出色，再复杂的情感、场景他都可以捕捉，很少力有不逮，至少有以下几点原因。

### 一、对长句的出色运用

长句是指结构复杂、词语较多的文句，相对于短句，长句有着特有的修辞效果，在表意时更为严密、精确、细致。中国传统小说本是短句居多，新文化运动以后，现代作家凭借着自身的西学修养，开始从西方语言中引进欧化语法，特别是在白话写作中借用欧化语法的长句、从句等。长句的引进，拓展了句子的转折、从属关系，增进了语言的表现能力。当舒群面对相对复杂的情境时，他更倾向于以长句表现对象。

例如，在小说《已死的与未死的》中，他这样描写犯人李金："他把头一摆，仿佛有铁绳系住地，由头顶直到脚底，于是，年轻的脸色也渐渐佝缩，红涨，让嘴角紧闭起来，拖下两条老人的皱纹，我看他模糊了衣袖的棉衣，胸前用白线缝补的杂色布块抽动起来。"[①]这一外貌描写生动地写出了犯人的瑟缩、痛苦。

舒群有时或者干脆纵笔写去，用整段整段的描写，详尽呈现某一个特定的场景或心理活动。在《沙漠中的火花》中，舒群这样描写阿虎太的强壮和做工时的投入：

> 不过阿虎太不在意他们，同他的伙伴们一样，整天听从着所指定的工作，把堵塞着各处的砖块、泥土、废掉的一些杂碎东西，一筐一筐地装满起来，或是别人给他装好筐子，由他的一条扁担掮起来，由院内掮到院外四五十步远的地方，不像别人还要把腰缩短些，好让两筐稳稳地落地，然后，再把筐里倾倒出去，在他只是停住一步的工夫，两手先握住系着筐子的一边绳段，把两肩向上一耸，两手也伴随着提高起来，立刻抖动一下，便是空筐了。[②]

舒群运用长句舒展有致、从容不迫，面对复杂场景，舒群能够层次分明地展现对象，而不显得混乱、啰唆。于是，他笔下的对象总能井然有序、历历在目地出现于文本之中。

---

① 舒群：《已死的与未死的》，《舒群小说选》，人民文学出版社，1985年版，第29页。

② 舒群：《沙漠中的火花》，《舒群文集·第一卷》，春风文艺出版社，1984年版，第26页。

## 二、出色的心理描写能力

舒群在表现复杂幽深的心理活动时，总能钩沉出最隐秘的心理角落。例如在小说《秘密的故事》中，心理活动百转千回：

　　我与青子初次重见，使我厌倦苓子，不该让她占有了我，使我愤恨起母亲，我想向她说："你对你的儿子，用了阴谋！"同时，我也在咒骂着自己，为了一时感情的动荡，答应了母亲的要求；如果我仍是坚决地拒绝了母亲，那么，我可以向青子表白我等待她的好心；可是，现在，我所有的好心，完全被苓子夺取了，践踏了。就是青子肯原谅苓子，她也不肯宽恕我吧？现在，难以解决的问题，等待着我解决。为了我与青子的约言，为了我们的幸福，要使我与苓子结婚的证书变成废纸，好像满了一杯苦酒，要苓子饮尽；满酒的人，不是我，更不是青子，而且，也不能确定是母亲。总之，在事情决定前，我不敢预定事情的终局。不过，我相信是一幕悲剧，我不知道谁担任剧中的主角？——是苓子，或是我与青子？①

舒群甚至毫不隐讳地暴露人物诡异阴暗的想法，比如，《秘密的故事》中，叙事人"我"和青子第一次重聚便被妻子苓子发现，苓子伤心地询问究竟，"我"矢口否认，说只是借钱给她：

　　我突然转换了暴躁的声调说："现在，我才知道，你也是一个好疑心的女人！"渐渐地，她相信了我的话，感到自

---

① 舒群：《秘密的故事》，《中国现代文学百家：舒群代表作》，中国现代文学馆编，华夏出版社，1998年版，第290页。

己理屈了，扑到我胸前用多样的表情、多样的动作，企望激
动我欢快些，原谅了她。可是我为了更加强些自己的理由，
不能不向她施用更大的苛责。于是，我握着她的手腕，猛力
地从我身边推开，使她跌倒在地上，哭了……在死静中，只
有钟声摆动的节奏，伴着苓子的哭泣。她双手环裹着我的
腰，脸面藏在我的颈下，她在我的面前忏悔。不知为什么，
我的愤怒由虚伪变成真实，向苓子提出了离婚。于是，使她
从我身边松软下来，像是一个失去了母亲的孤女。要求我收
容她，怜爱她。①

叙事人坦诚地面对自己内心，哪怕自己的想法重重叠叠、阴暗诡
异，他也毫不隐晦地道出心中的曲折。不难看出，舒群的心理描写的
出色，不仅在于他文字的表现力，更在于他拥有一个小说家的诚实品
德，他从不为了特定原因遮蔽心理的某些层面，而是让叙事人完全裸
露自己的内心，从而让我们看清人物复杂层叠的心理。

### 三、借代、象征等侧面暗示手法

舒群一般不直接写情、写景，而是用借代、象征等手法来侧面暗
示，从而使小说更含蓄有韵味。例如，《蒙古之夜》开头写道："那是
数不清的刺刀，刀柄上铸着兵工厂的名号和'昭和'字样的年号；一
把一把地连续着，冲着战争的烟幕，贪婪地吸取着阳光，吸取着血
汁，在我们背后，追随着我们。"②这是以铸着"昭和"字样的刺刀来
暗示敌人对"我们"的残害与追击。

再者，舒群即便直接写景，笔下的景也是情景交融，以渗透式写

---

① 舒群：《秘密的故事》，《中国现代文学百家：舒群代表作》，中国现代文
学馆编，华夏出版社，1998年版，第298页。
② 舒群：《蒙古之夜》，《舒群小说选》，人民文学出版社，第21页。

法，将叙事人或者其他小说人物的心情渗透其中，因此，景不再是单纯的景，而是渗透了人物的心情，传神地传达了彼时彼地的氛围，因而感染力强。以《秘密的旅途》为例，小说如此描写雪景："街路的近边，连着无边际的雪场，日久的积雪，已经加高一二尺的地面，由行人踏开的小路有三四条割断着雪场，深深地陷入雪中，望开去，仿佛在纯白的雪场上，被人染了几条黑线，也仿佛是被人分割了的一块白银的世界。四处没有一株老树，没有一条艳丽的色调，所有的只是一些凸起的雪包——不知那是被雪遮埋了的草堆，还是失去了的主人的坟墓？"[1]清冷、寂寥的雪景，极好地衬托了主人公逃难路上的茫然、孤冷的心境。

## 四、各种描写手法的互渗

舒群甚至以动作、外貌、神态写心理，达到心理描写、动作描写、神态描写之间的互渗。例如在小说《沙漠中的火花》中，当好友萨达尔图被日军抓去后，"阿虎太一个人走开些，在距离十几步的地方来回地踱着。他抛出的每一个步子，都是沉重地落下，使地上的沙土留下他深深的脚印。"[2]小说中阿虎太是个不善言语的人，但是这段动作描写却传神地将阿虎太的担心、紧张情绪表达出来。在《秘密的故事》中，当"我"初见青子，告诉青子自己担任日伪侦缉队的队长，"她听了我的话，她的眼睛睁大了些，身体抖动了一下，在她失神中，她手里的茶杯落地了，响了一声清脆的响声，碎了。"[3]舒群以动作描写将青子的慌张、震惊心理写了出来。多种描写手法的互渗，

---

① 舒群：《秘密的旅途》，《舒群文集·第一卷》，春风文艺出版社，1984年版，第198页。

② 舒群：《沙漠中的火花》，《舒群文集·第一卷》，春风文艺出版社，1984年版，第34页。

③ 舒群：《秘密的故事》，《中国现代文学百家：舒群代表作》，中国现代文学馆编，华夏出版社，1998年版，第295页。

丰富了小说的表现手法，更见得舒群的写作技巧的多样。

## 第二节　哀婉深挚，不胜低回

除了出色的体情状物的才能，舒群短篇小说的书写方式和结构艺术也是别具一格。出色描写才能加之独特的结构手法，最终使小说呈现出哀婉深挚的艺术风格。

### 一、去"崇高化"、去"浪漫化"的书写方式

当其他东北作家习惯于关注英雄形象，或写在敌人的残酷威逼下，东北人民浴火重生，终究成长为焕然一新的民族战士，这样的写作模式，最终将普通人崇高化，笔下的东北山川大地也因此大都染上崇高、浪漫之美，敌人的残暴成为崇高化的导火索，东北的白山黑水则成为浪漫的催化剂。舒群却习惯于另一种书写方式，他更多地写溃败的战士、写流离的平民，他笔下的场景描写也随着人物的心境而呈现出萧索、颓败的气息。

《誓言》讲述了一支颓丧、失败的抗日队伍。小说一开始就宣告了，这支抗日队伍里有不合格的学生兵。我们一直期待着为国杀敌，因此，这次亲临战场，我们兴奋不已，并在出发前立下了慷慨的杀敌誓言。但当我们真的亲历战争，我们才发现，战争并非如我们之前所想象的那般浪漫，而是充斥着寒冷、饥饿、流血和未知的恐惧。我们一路被日军追杀，慌不择路地四处奔逃。最终，在领头人杨二楞和队友温钧被枪弹击中后，其他人四散逃命。[1]

小说详尽描写了我们如何一步步方寸大乱，恐惧、绝望、慌张的

---

① 舒群：《誓言》，《舒群文集·第一卷》，春风文艺出版社，1984年版，第123页。

心理逐步升级，终究，临行前的"誓言"沦为荒诞的笑话。正如前文所述，舒群也写到抗日战士的英勇杀敌，却从不刻意书写抗日战士的崇高面目，反倒经常写他们的溃败、窘迫、恐惧、绝望，甚至如《誓言》这般，微露讥讽。这很大程度是因为舒群自己参加过抗日义勇军，对抗日队伍、抗日战场有着自己的观察，而他又是一个诚实的作者，当他写作时，又秉着"实录"的态度，这才使他对抗日的平民、战士"去魅"。因此，舒群的小说不可能如其他东北作家一样，洋溢着崇高化和浪漫化的气息，而是采用去"崇高化"、去"浪漫化"的书写方式，平淡地写出复杂的真相。

## 二、场景叠加的结构艺术

舒群在小说中，一般不以线性叙述的方式讲述故事，而是以几个主要场景连缀而成，场景与场景中间不具连续性，甚至留下极大的空白，留待读者依靠自己的想象力和判断力完成补白，小说因而不浅白而有余味。例如，在《肖苓》中，女学生肖苓本是一个活泼、美丽、爱国的女学生，因主动承认打伤了日军，被逮捕入狱。小说并未交代肖苓入狱以后的遭遇，只是说："两个月后，我们院内走出了一个瘦弱的姑娘，两手与面孔生满着一层一层的疥疮……我们已经记不起她就是我们以前的肖苓。"①虽然没有直接交代狱中遭遇，但是她肤尝身受的痛苦显然可想而知，铺陈她的遭遇反倒显得多余。

《青年》只由简单的三个场景叠加而成。第一幕是主人公田雨在抗日队伍失败后，留在哈尔滨，继续坚持地下抗敌工作。田雨暂时在"我"家避难，逃避敌人的追击。"我"的住所对面住着两个人——黄平和张德发，认识以后，我们去他们家聊天。第二幕是，某天，黄平突然自杀，我们把他救回来，才发现，原来他和张德发都是日伪侦缉

---

① 舒群：《肖苓》，《舒群小说选》，人民文学出版社，1985年版，第58页。

队员。黄平自杀，乃是因为身为汉奸，却又备受爱国情感的良心折磨。第三幕是，当黄平被救起，迅速告诉我们，让我们赶紧逃命，因为日伪侦缉队已经发现了田雨是秘密抗日分子。田雨很快便被抓获，告密和抓捕的人便是张德发。[1]三幕场景之间并无叙事上的连续性，只是被勾连在一起，构成全篇的结构，然而，每一幕却已经交代了最关键的信息，人物的形象、心理、命运都已经清晰呈现。

舒群在小说中抛弃线性叙事的手法，而是选取最重要的横截面，使之连缀成篇，因此，小说呈现出极大的跳跃性，类似电影中的蒙太奇，在场景与场景之间，舒群将空白留给读者，小说因而显得富有余味，值得读者细细体味。

### 三、陡转的结尾艺术

在舒群的很多小说中，在前面大部分篇幅中，平静、缓慢甚至抒情的叙事缓缓行进，到结尾却突然情节陡转，小说戛然而止，结束于一个惊人的举动或冷峭的收梢。

舒群小说中，结尾的陡转大抵分为两种，一种是压抑许久后的突然爆发，比如《奴隶与主人》中，车子承受不了"我"和日本兵等四人的重量，车夫果断地赶"我"下车，"我"被迫下车后，大骂车夫是日本人的奴隶。不久，我突然发现，当车子过木桥时，车夫故意掉转马头，马车翻到河里，车夫和另三人同归于尽。[2]"我"这才明白，车夫赶"我"下车，原是为了保护"我"，自己与日本人同归于尽。小说中，对敌人的仇恨在小说的最后迸发出来，使之前一直平静的人物突然做出惊人之举，这正是沉默许久之后的爆发，而爆发的原

---

① 舒群：《青年》，《舒群文集·第一卷》，春风文艺出版社，1984年版，第226页。

② 舒群：《奴隶与主人》，《舒群文集·第一卷》，春风文艺出版社，1984年版，第160页。

因便是被入侵者欺凌很久后的长期隐忍，终于忍无可忍，便化为玉石俱焚式的反抗。

更多时候陡转是长久平静后的急转直下，结尾突然收梢，转入阴冷与无望，很多时候就是死亡的突然来袭。《小包裹》中，"我"按包裹上的地址找沙亦杰的家庭，苦寻无果，最后才发现他的家人刚刚搬到难民收容所。家里只剩他的父亲和弟弟。他的母亲曾阻止沙亦杰从军不成，在无望的等待和希冀中刚刚去世。他的父亲已经半疯，得知"我"带来沙亦杰的消息，狂喜不已，我们打开那个包裹，发现是战友寄出的沙亦杰的骨灰。[①]已经残损、无助的家庭因为沙亦杰的死陷入更为彻底的绝望之中，坠入了永无止境的深渊。

结尾戛然而止，绝不是为了设置悬念，而是留下了不尽的想象、思考与情感激荡的空间，如空谷足音，回响不绝。

首先，陡转出乎意料，却又在情理之中，战争之下，一切都脆弱不堪，一切曾经坚固的东西——生命、情感、家庭都可以在瞬间被击得粉碎，于是，这一切的陡转是那么正常。如此处理，正是凸显了战争背景下命运的无常。《夜景》中，丈夫很快就要开赴抗日前线，怀有身孕的她试图挽留，但这是长官的命令，丈夫也无能为力。分别以后，第二天早晨，这个孕妇卧轨自杀，死在她丈夫兵车的车轮之下。[②]承受不了离别之苦的生命，在丈夫毫不知情的情况下，带着一腔幽怨，悄无声息地了断了两条生命。

再者，陡转大抵是直奔死亡的深渊，小说的结尾是冰冷的，直接指向生命无可逃遁的忧伤。《蒙古之夜》甚至以略带抒情的笔法将"我"和蒙古姑娘之间的情愫娓娓道来，但是，当日军来袭，姑娘很快被奸杀。因此，舒群在之前铺叙情节时再怎么平淡，当死亡的阴影

---

① 舒群：《小包裹》，《舒群文集·第一卷》，春风文艺出版社，1984年版，第179页。

② 舒群：《夜景》，《中国现代文学百家：舒群代表作》，中国现代文学馆编，华夏出版社，1998年版，第184页。

袭来，小说仍然笼上巨大的忧伤，前文越是平淡，越是温暖，这忧伤就越是痛彻人心。平淡的背后，是舒群难抑的悲哀。身经种种战乱的他，早看穿了战争之下生命的流离、脆弱、死灭，死亡的阴影无可化解、无可回避，因此，舒群往往愿意以较长篇幅细细描摹生命死灭前的种种情状，越是细致具体，瞬间熄灭的生命之火就越是让人不胜扼腕。

相比于其他的东北作家，舒群少了控诉的急迫，少了战斗的昂扬，只诚恳地将战争之下种种的生存状态淡淡道来。其他作家的作品大多洋溢着积极、昂扬、乐观的战斗气息，即便是暴露敌人的残暴罪行，罪行终究只是引子，也会通向最终的奋起反抗，通篇的底色是乐观昂扬的，舒群的书写并不具有明确的矛头所指，只是细腻呈现流徙者的人生，平淡之下隐伏着哀伤。其他东北作家的作品的风格大抵是直露的、阳性的（当然也有少数例外，如萧红），舒群的作品却是含蓄的、阴性的，呈现出哀婉深挚的抒情气息。

# 第五章　舒群小说的叙事、伦理与人性的纠缠：以《秘密的故事》为例

中外文学史上总会有一些作家，他们的总体水平不高，可是，他们往往会妙手偶得，仿佛突然缪斯附身，不经意间写出一篇杰作。这样的一篇作品放在作家的所有作品中会显得有些突兀，甚至作家本人都不能充分估量其意义。舒群的《秘密的故事》就是这样一篇被忽略的中篇杰作。这是一篇暧昧、复杂与迷人的小说：抗日、情爱、亲情多线索交缠的叙事、此起彼伏的各种声音，以及战争背景下女性描画的多重向度。至今未见文学史对这一小说有详尽的述评。本文即试图阐释，这样的文学空间如何被构建，作者的意图何在，小说又有何过人之处，并以此证明，这一小说不愧为现代文学史上的遗珠之作。

## 第一节　叙事：新旧杂糅的文本空间

《秘密的故事》发表于1937年《文学》的第8卷。小说以第一人称"我"——袁倪的口吻和视角展开，以九一八事变后日军占领下的东北为背景。学生时期，"我"曾与女主人公青子相爱。其后，"我"和青子因故暌违。日军占领东三省后，"我"成了日伪当局的一名侦缉队长。"我"为此而苦恼：一面迫于生存的需要，供职于日伪当

局；另一方面目睹同胞受日军蹂躏，爱国情感时时被激发着，"我"也因此做好了逃亡的准备。只是因为母亲牵绊着，并在母亲施压下和苓子成婚，"我"的出逃计划才一再延宕。不过，"我"并不爱苓子，一直心系青子，时时为此与母亲冷战、拉锯。

小说至此峰回路转，青子突然重新出现。苓子的贤惠和付出也无法阻止"我"旧情复燃。"我"试图重新接近青子，却发现她已然加入秘密抗日队伍，并嫁人生子。痛苦之下，"我"仍一厢情愿地相信，青子仍爱"我"，而青子也因"我"的身份有助抗日，一直与"我"虚与委蛇。丈夫死后，青子说服"我"和她私奔。"我"渐渐发现，青子为了民族革命已然泯灭人性。临行前，她亲手扼杀了重病的幼子。其后，她命令"我"执行暗杀，行刺成功后，为了躲开追捕并不留后患，青子朝"我"开了一枪，并独自逃亡。"我"侥幸未死，受伤后被日军逮捕。两人再度失散。

多数评论将舒群的小说定义为爱国情感的书写。[①]这一总体评价是公允的，舒群的多数小说是可以如此解读，比如《失去祖国的孩子》《蒙古之夜》《婴儿》等小说，讲述了失去故园的流徙者的哀伤。但是，在《秘密的故事》中，这样的解释太过简单，也行不通。

例如，小说讲述了一则民族革命的故事，叙事人分明是个汉奸，作者为何要让这个故事由汉奸之口讲出？更诡异的是，作者还让汉奸叙事人对抗日女主人公一往情深。其次，革命故事为何要赘叙那么多叙事人的情路历程——贤妻与旧爱、纠结与背叛？再者，人物设置也有诸多难解之处。女主人公怎么被写成了一个诱骗旧爱并亲手扼死幼子的暴徒？叙事人抛下孕妻和慈母，可谓冷血，但是，抛弃又是为了

---

① 典型的如周立波的评论："舒群亲历了亡国的痛苦，目击了土地丧失人民流离的情景和敌国汉奸的残暴的行动，以及许多亲友的战死，他的爱国的思想和情愫，是在他的生活和斗争中滋长起来的，非常自然，而又带着强大的感召力。"见周立波《一九三六年的回顾小说创作》，《光明》1936年12月25日。时至今日，文学史对舒群的评价并没有跳出周立波的框架。

私奔、为了旧爱青子，甚至为她搏命刺杀，又为何如此旧情难断？如是种种矛盾、难解之处，使我们需要更细致地解读这篇小说。

首先，我们要注意的是，《秘密的故事》中对女性复仇和杀子的情节设置其来有自。在中国古典小说中，类似的情节早就存在。唐传奇中，《贾人妻》讲述王立被罢官而落魄后，偶遇美艳妇人并同居，妇人经营生意供养他。某日，妇人突然告诉王立，自己隐忍多年，只为报仇，而今大仇已报，即将离去。最后一次哺乳幼子时，为免于挂念，妇人将幼子杀害。[①]《崔慎思》也有类似的情节，崔慎思靠偶遇的美艳少妇供养，某日，少妇告诉他，自己终于报了杀父之仇，并在离开前将幼子杀害。[②]

《秘密的故事》至少在四个地方与古典小说类似：

一、来历不明的女主角。《贾人妻》和《崔慎思》中，女主角其实都是神秘的、来历不明的，且没有姓名。男主角一开始都不知道女主角的背景，与其同居多年仍被蒙在鼓里，《秘密的故事》中，青子也是没有姓名的（"青子"只能算是男主角单方面的称呼）。叙事人袁倪与青子已失散多年，青子的现状他早就不了解。

二、比男性强大的女性。《贾人妻》和《崔慎思》中，男性角色都是弱势的，都靠女主角的资产或经营供养着。女主角都身怀绝技，并在与男主角长期相处的过程中都深藏不露，只在复仇的关键时刻展露身手。《秘密的故事》中，青子早就被斗争生涯磨炼成一个女战士，机智、机谋和果断在小说中多次体现，这是袁倪所远远不及的。

三、女性为复仇大计，亲手杀子以免于挂念。《贾人妻》和《崔慎思》中，女主角都是在复仇成功之后，将幼子杀害，并飘然远去。《秘密的故事》中，青子担心重病的幼子拖累自己抗日，亲手扼死幼

① ［唐］薛用弱：《贾人妻》，《太平广记》，［宋］李昉编，中华书局，1961年版，第1471页。

② ［唐］皇甫氏：《崔慎思》，《太平广记》，［宋］李昉编，中华书局，1961年版，第1456页。

子，而且，只因为要掩饰身份便于抗日，她的长女才得以幸免，否则也难逃一死。

四、对女性身体的强调。《贾人妻》和《崔慎思》虽然短小，却无不在开头强调女主角的美艳，而男主角也正是为其身体所吸引，主动接近女主角，成就奇缘。女性身体成为驱动小说前进的动力。《秘密的故事》中，叙事人袁倪虽然强调自己爱青子的灵魂，不过，他的目视所及，每每涉及对青子身体的描述，早就暴露了对女性身体的渴念。

如此多的类似之处，《秘密的故事》似乎与传统小说有着隐秘的勾连。只是，现有的介绍舒群生平的资料本就不多，且大多只略述他在求学时期广泛阅读，受到外国文学和中国古典文学的滋养，对舒群自身学养的渊源和知识结构其实语焉不详，很难为我们提供证据。直到2012年，舒群生前所著的《中国话本书目》出版，给了我们可靠的启示。在此书的序言中，舒群的女儿李双丽回忆道：

> 《中国话本书目》这部专著，纯粹是父亲年轻时兴趣使然，时断时续地做笔记，一直延续到老，从未间断。无论生活发生怎样的变化，完成《中国话本书目》是父亲的心愿之一。[1]

舒群本人在此书后记中也说：

> 始于学习，偶有所记，并于早年阅读笔记时有所取，以注若干话本书目空白；久之，积成《〈醉翁谈录〉书目》，终于扩为《中国话本书目》。[2]

---

[1] 李双丽：《贬黜之地的苦涩与丰饶》，《中国话本书目》，舒群著，文化艺术出版社，2012年版，第7页。

[2] 舒群：《〈中国话本书目〉后记》，《中国话本书目》，文化艺术出版社，2012年版，第425页。

在中国传统小说的发展历程中，唐传奇是初步成熟的小说形态，它的情节设置和艺术手法都对以后的小说创作产生了深远的影响，明代话本小说集《初刻拍案惊奇》中，《程元玉店肆代偿钱 十一娘云岗纵谭侠》这一小说开头即以《贾人妻》和《崔慎思》等唐传奇故事，作为引子，此即明证。小说开头写道：

“红线下世，毒哉仙仙。隐娘出没，跨黑白卫。香丸袅袅，游刃香烟。崔妾白练，夜半忽失。侠妪条裂，宅众神耳。贾妻断婴，离恨以豁。解洵娶妇，川陆毕具。三鬟携珠，塔户严扃。车中飞度，尺余一孔。”

这一篇《赞》，都是序着从前剑侠女子的事。从来世间有这一家道术，不论男女，都有习他的。虽非真仙的派，却是专一除恶扶善。功行透了的，也就借此成仙。所以好事的，类集他做《剑侠传》。又有专把女子类成一书，做《侠女传》。前面这《赞》上说的，都是女子。[①]

在这一明代小说的开头中，作者以“赞”的形式，将唐传奇中的“剑侠女子”一一罗列，并在其后的行文中，不厌其烦地将这些故事复述一遍后，方才进入自己的“剑侠女子”叙事。由此可见，“剑侠女子”的形象序列已然成为传统小说中的典型，在古典小说的流变中影响深广，屡屡被后世同类故事的作者援引、吸收。而在这些“剑侠女子”中，“贾妻断婴，离恨以豁”的《贾人妻》和“崔妾白练，夜半忽失”的《崔慎思》因其“杀子复仇”的情节尤其显得特别。

舒群既然自幼时便一直迷恋、熟悉以话本为代表的中国传统小说，并以多年的相关阅读为基础，在生命的晚年著成《中国话本书目》，那

① 凌濛初：《程元玉店肆代偿钱 十一娘云岗纵谭侠》，《初刻拍案惊奇》，凤凰出版社，2005年版，第36页。

么，他的小说创作很难回避传统小说的影响。虽然西方文学中也有美狄亚这样复仇杀子的女性，舒群也广泛阅读外国经典，但是，唐传奇的模式显然与《秘密的故事》更为接近，而且，幼时便喜爱、熟悉的文化传统显然更能切入生命内里并构成影响，否则舒群也不会在晚年为《中国话本书目》付出如此多的心血，仿佛是与文学初恋的又一次旧梦重温。

基于以上种种理由，本文认为，与唐传奇多处相似的《秘密的故事》在结构模式上借鉴了中国古典小说。舒群将"复仇杀子"的情节移植进《秘密的故事》，不同的是，这"仇"已非传统小说中的"私仇"，而是现代语境中的"国仇"，不过，其结构方式却如出一辙：为免于亲情的挂碍，身负绝技的侠女亲手将幼子杀害，成就了"复仇"的"圆满"。更进一步说，"青子"这一形象其实就是现代版的"剑侠女子"，只是舒群的塑造更为复杂、丰满而已。

那么，舒群其实是借用了一个传统小说的外壳，往内里装载了一则现代民族革命的叙事。古典时代的形式与新时代的内容组装在一起，难免会产生各种矛盾和罅隙。不过，新旧杂糅的结构方式却形成了一种"复调"的叙事，在这样的模式下，舒群没有进行大开大合的删减与整合，索性将各色人物、情感、话语统统杂糅进小说，而不简单臧否。这其实为小说开出了一片广阔的空间，一处文学意义上的林中空地，人性的诸种向度都得以展示，各色的情感波澜姿态横生，各种人物、情感、话语在这里碰撞与纠缠，诡异、矛盾、芜杂却又生机勃勃，造就了小说的宽广与暧昧。

## 第二节　伦理：亲情、情爱与民族主义

那么，在这样一种"旧瓶装新酒"的写作模式下，舒群到底给我们呈现了一个什么样的故事？它又好在何处？

我们发现，小说其实包含了两则叙事。一是革命叙事。这条线索以

女主人公青子为主。青子一直坚定地献身于民族革命，先是和丈夫秘密抗日。丈夫死后，她亲手扼杀幼子，继续抗日。她又利用旧爱袁倪执行刺杀，其后自行逃脱。二是情爱叙事。这条线索以袁倪为主。一方面，苓子是贤惠的妻，袁倪难忘旧情，苓子从不怨恨，一如既往地爱着袁倪。袁倪最终还是抛弃她与青子私奔。怀孕的苓子在痛苦中自杀。另一面，青子是神秘的旧情人，袁倪对她念念不忘，试图再续前缘。他抛弃孕妻和母亲跟她私奔，舍命为她执行刺杀。她则是一心抗日，对他百般敷衍、欺瞒和利用，还试图杀他灭口。两人的联系以袁倪的入狱而终结。

再往深处看，两种叙事的背后，浮现着三种声音，或者说，三种伦理：亲情伦理、情爱伦理和民族主义伦理。亲情伦理是人之天性，它是先天的、温情的，母慈子孝、兄弟情深从来就是人们普遍认同的情感形态，常人显然难以背离这一人伦法则，小说中体现于袁倪对母亲的割舍不下、苓子对丈夫袁倪的隐忍与付出；情爱伦理是后天的，纠缠着身体欲望与情感的投入，既有索取，也有付出，小说中体现为袁倪和青子往日的自由恋爱和今日的纠缠不清；民族主义伦理则是决绝的，民族革命代表了至高的合法性，它自身的要求大于一切，坚守这一伦理，意味着不达目的绝不罢休，小说中体现于青子坚持不懈的抗日活动。

在这三者之中，亲情伦理属于中国传统的伦理，古往今来一直存在，无论是鸿儒还是白丁，无论在城市还是乡村，中国人的生活与精神都普遍为其浸透。情爱伦理、民族主义伦理则是后起的、外来的，在传统中国，它只是以朴素的、原始的形态，在小范围内被接受、传播（比如极少见的自由恋爱、历史上抵御外敌入侵、伦理与人性的纠缠的行为等），直到19世纪以来欧风美雨凭陵、现代性入侵以后，才更为广泛地在中国逐渐产生、成长，开始为很多国人所接受。

那么，当内在的、历史性的亲情伦理与外来的、后起的情爱伦理及民族主义伦理并置，一定会有种种罅隙、矛盾、错位产生，也一定会启迪出很多饶有趣味的思考。《秘密的故事》的丰富就在于，它同时将两种叙事和三种伦理融入，而且一定要让三种伦理相互轩轾、碰撞，将每一种伦理往正面或反面拉伸至极致，从而令其充分呈现自身的各种可能性，让我们看清每一种伦理的复杂面向。

比如，礼赞母爱本是人之常情，小说中的母子情感却颇为复杂。叙事人爱母亲，侍母至孝，为了母亲可以延迟逃亡。母亲也爱他，费尽心思地把儿子留在身边，一直阻拦儿子逃亡，更不同意他去接近青子，这让叙事人痛苦不堪。小说层层袒露了叙事人无奈之下憎恶母亲的心理。那么，亲情伦理一面意味着血浓于水的至深情感，可当它过度占有我们的生命，也会令我们窒息。

再如，小说不断以各种欺瞒、伤害与背叛试验两性间的情感，当事人却不改其志，无论是袁倪面对青子，还是苓子对袁倪，都一再地隐忍、宽宥与坚持。只是，当一往情深已至偏执，竟呈现出畸形的虐恋，苓子对袁倪，袁倪对青子，无论对方如何欺骗、伤害，即便再难获得对方的根本性认同，都绝不怨恨，都要竭力付出，直至臻于极致，为之而死。爱，既能感人至深，却也有着诡异、变态的一面，甚至隐隐地通向着死亡。

至为关键的是小说对民族主义伦理的思考。小说中，袁倪一直遭遇着身份认同和抉择的困境。他因为生存需要为日伪当局服务，成了汉奸。他也痛恨入侵者，对青子的抗日也是认同的。他想逃亡，可是家庭的牵绊总是让他难下决心，其后，又因爱情的驱动而远走。他是个软弱的凡人，所以，他无法彻底斩断亲情伦理、情爱伦理和民族主义伦理这三者之间的任何一维，只能在三者之间不断地摇摆。

小说中最引人沉思的是，当三种伦理之间产生冲突，当人物在几种伦理间无法兼顾，却又不得不做出艰难抉择后，呈现出震撼人心的效果。与袁倪的徘徊不定截然不同，对入侵者的仇恨、长期的斗争生涯使青子成为一个坚定、果决的女战士，令人钦佩；然而，狂热与偏执也使她泯灭人性。于是，我们得以目睹如下惊心动魄的一幕，鲜有革命、战争题材的小说如是描写女革命者：因生病的幼子拖累自己抗日，青子亲手将其扼死，袁倪目睹此事，却已经挽救不及。他为此震悚不已：

"青子，你告诉我，你疯了吗。"我问。她却狂笑了，那种笑脸使我感到恐怖。然后，她拍打着手掌，叫着："我的刑期满了！"

我摇摆着她的身体，是要她更清醒些听我的话。

"你自由了吗？"

"自由了，至少有了男人同样的自由。"

"可是，青子，你忘记了罪恶！"

"罪恶？谁的罪恶？"

"你的！"①

在青子这里，民族主义伦理最终彻底压垮亲情伦理，情爱伦理也早就被她置之脑后。在亲情伦理的参照下，民族革命被偏执的青子导演成一场残暴的幻梦。小说告诉我们，当人性仅仅剩下一种伦理维度支撑，当其他伦理都崩毁，人性的整全也就此坍塌。我们不难看出小说背后隐含作者舒群的态度：他承认民族主义情感的必要性，他也在小说中对此一再肯定，只是，当民族主义情感被鼓荡到极致，人性也就濒临毁灭。

除了《秘密的故事》，舒群小说《血的短曲之一》和《老兵》也涉及了战争之下人性的扭曲。《血的短曲之一》中，清子虽是日本姑娘，却单纯地爱着"我"，"我"为了民族大义，不惜杀害清子。②《老兵》中，为了伸张爱国的正义，赵化雄和张海都不惜"大义灭亲"，杀了亲妹妹，却忘了最基本的人伦之理。③

"民族国家"本就是一个舶来的西方概念，传统中国本只有"天

---

① 舒群：《秘密的故事》，《中国现代文学百家：舒群代表作》，中国现代文学馆编，华夏出版社，1998年版，第330页。

② 舒群：《血的短曲之一》，《舒群文集·第二卷》，春风文艺出版社，1984年版，第5页。

③ 舒群：《老兵》，《舒群文集·第三卷》，春风文艺出版社，1984年版，第176页。

下"观。本尼迪克特·安德森认为，民族是"想象的共同体"，如何看待它在具体条件下的形成、演变和影响，绝不可简单化。①民族主义话语很可能成为双刃剑，当国家抵御外侮或人心涣散时，它能唤起必要的认同感，而当它被无限鼓荡，则极有可能付出牺牲个人利益甚至泯灭人性的代价。舒群未必有这样的理论自觉，他只是秉持作家的敏感和真诚，和盘托出自己在那个时代的切身体验。

相较于舒群，与其同时期、也同属"东北作家群"的萧军、萧红等人则在表现抗战和民族主义上各有特点。比如，萧军《八月的乡村》以粗犷、宏阔的战斗场景抒发了昂扬、激越的抗日情绪②，萧红则在《生死场》中写出民众尤其是女性由艰难生存到觉醒抗日的过程。③他们关注的重点和表现手法当然各个不同，只是，都未能表现出对民族主义本身的审慎思考。

相较之下，《秘密的故事》则表达了对民族主义伦理的复杂体认，这在抗日情绪高涨的1937年是很少见的。舒群当然无意拒斥抗日，他不过试图借此诘问，当民族主义意识被无休止地鼓荡，是否会导致个人的湮灭和人性的斫伤？当同时期的小说大都在浓墨重彩地张扬反日爱国的情绪时，舒群却超越了简单的反日爱国情感，冷静地刻画出战争之下的人性，呈现出审慎、复杂的思考。

## 第三节　女性：战争背景下的五副面孔

《秘密的故事》既以三种伦理的纠缠，展现了思想层面上的深广与复杂，同时，也塑造了青子、苓子等战争背景下的女性形象。舒群

---

①［美］本尼迪克特·安德森《想象的共同体——民族主义的起源与散布》，吴叡人译，上海世纪出版集团，2011年版。

②萧军：《八月的乡村》，人民文学出版社，1954年版。

③萧红：《生死场》，人民文学出版社，1981年版。

借这些女性形象，为我们展示了战争中的女性何其复杂。这也正是其开掘人性向度的努力。如果再将这一小说置于文学史的纵深中，把它与身前和身后的相似者进行比较，就更能见出舒群的独特之处。同样是写在复仇或战争驱动下的女性，20世纪30年代的《秘密的故事》比《崔慎思》《贾人妻》这些古典小说、同时期的"东北作家群"作品以及1949年以后的红色经典都要复杂、丰富。

《崔慎思》《贾人妻》的作者着意构造一个单纯的女侠复仇故事。仇恨大多来自杀父这样的私仇，女主人公也成了一个长期隐忍、只待报仇的女侠。女性形象在小说中是比较扁平的，小说只简单交代其美艳、能干，到小说最后才突然交代她的背景，并以临行前的杀子情节收尾，而这一切不过是要突出其"侠"的属性——身怀绝技、当断则断。唐传奇故事中的复仇女性显然太过简单。我们可以将其视为一则典型的、属于古典时代的复仇叙事。

不过，如前文所论，两则唐传奇故事开创了小说传统中典型的"女剑侠模式"，就像明代的赞语所注解的，"虽非真仙的派，却是专一除恶扶善。功行透了的，也就借此成仙"，隐含作者对"女剑侠"是抱着赞赏态度的，所以着意刻画其功夫了得、隐忍果决、惩奸除恶的种种事迹。小说的背后其实是比较简单的、古典的"侠义"价值观——惩恶扬善、善恶有报。这一模式的余风流绪无时或已，以致一直影响明代乃至现代的小说作者。

不妨再横向比较萧红和萧军，看其如何描画战争背景下的女性。萧军以李七嫂的命运转折，关注女性的抗日情绪从无到有的过程，并以安娜的形象写出抗日女兵的出众才干及其为了抗日对个人情感的割舍，不过，萧军的笔法较为粗糙，女性形象的塑造终究还是服务于抗日这一思想主线。萧红笔下的乡村女性则是如植物般无自觉的生命，在家庭、生育和疾病的重压下辗转生存，小说的重点还是在于以群像图的形式关切传统女性的命运，这一部分也最为动人。后半截大抵表现战争来临后，女性为入侵者所逼，越发无路可走，对在战争背景下女性的人性刻画未见深刻之处。

再考察1949年以后、特别是"十七年"时期的红色经典，我们会发现，民族革命战争背景下的女性又成了另一种模式——"女战士"模式，即将女性彻底男性化，成为革命／战争中的枪杆，比如《野火春风斗古城》里的金环、银环，《铁道游击队》里的芳林嫂，《新儿女英雄传》里的杨小梅，等等。这些作品与人物都较为简单，对女性做"减法"，将女性人物简化到最低限度，与男性战士／革命者差堪比拟。

在这些作品中，战士／革命者的身份是具有优位性、排他性的，其他身份相较之下必然是微不足道。这不仅表现在它比其他身份更重要，更表现在对其他身份的彻底摒弃。于是，牺牲一己私利乃至自己、爱人或亲人的性命以维护革命利益也就势所必然。这些作品一定不遗余力地将选择时的诱惑、痛苦、短暂的犹疑以及最终忍痛后的斩截无限放大，不吝以最动人的笔触渲染其间的张力。也正因此，这些小说基本看到开头便能猜到结尾，呈现出模式化的面貌。这样的模式化，也正是意识形态宣传所需要的。

不过，女性本应有着多重身份，比如母亲、妻子、朋友、情人、国民、革命者等，也因此注定会有多种情感和人性的向度，她会爱孩子、爱丈夫或者情人，也会爱国、献身于革命。但为了意识形态宣传的需要，文本难容多重话语的共存，私人话语因为宏观话语的鼓荡而被芟减净尽。在1949年以后，民族主义话语的正当性当然不容置疑，作品也只需突出表现女战士，表现其爱国热情与能征善战，其他的人性向度早就可有可无，遑论女性独有的向度。战争中的女性形象也便单一化、模式化。如此想象战争中的女性、如此呈现人性向度显然太过简单。

但是，在《秘密的故事》中，小说至少为我们展示了民族革命背景下女性的四个维度：情人性、妻性、母性、暴力。借用路德维希"克娄巴特拉传"的标题，可以概括为：情人、母亲、战士、妻子[①]：

① ［德］埃米尔·路德维希：《情人、母亲、战士和女王——克娄巴特拉的故事》，陈卫斌译，辽宁教育出版社，1998年版。

一、情人。袁倪对青子的眷恋无时或已，一俟重逢，更显炽烈。与此同时，青子却对袁倪早已失去兴趣，只是心系抗日大业，因利用袁倪对抗日仍有所帮助，才与之虚与委蛇。袁倪对此并无感知，沉溺其中不能自拔。袁倪的一厢情愿和青子的周旋不已形成张力，成为小说主要的推动力。行礼如仪的夫妻之情当然不能有此伟力，唯有逾越伦常的虐恋情深才能成为摧枯拉朽的洪流，席卷着袁倪抛妻弃母，一路忘我狂奔。这虐恋正如青子给他的一吻："然后她吻住了我一面的脸颊，许久，不肯放开我，好像要从我脸上吻下一块肉，才是终了。"夹杂着快意和痛苦的诡异感觉，使袁倪既害怕又沉迷不已。

二、妻子。青子在小说中扮演着妻子的角色。小说对青子和她丈夫之间的情况交代很少，我们却可从不多的文字中略窥一二。青子当年嫁给丈夫后，便随他一起投身民族革命。两人同为义勇军战士，不得不服从大局，因而聚少离多，根本难以顾及家庭的经营，青子因此对于自身妻子的角色和身份投入甚少。两人之间虽然感情平淡，但也有夫妻之情，这从送别时的细节不难看出，只不过，两人其实更近于并肩作战的同志关系，夫妻之情被民族主义伦理整合进了自身的逻辑，实际上已被湮没、销蚀。

另一方面，小说对叙事人袁倪的妻子苓子着墨甚多，并将她的贤惠写到极致。与青子不同的是，苓子扮演了典型的"妻子"角色，这一身份几乎占据了她的整个生命。诡异的是，越是铺陈她的贤惠，越是反衬出她作为妻子的无力。苓子日复一日、无怨无悔的付出，抵不上青子的一个小动作、一句软语温言，数年来日积月累的夫妻之情，也抵不上年湮代远的旧爱。或许，我们从中并不能读出袁倪对青子有多深的情意，反倒看出"妻性"在"情人性"面前的全面溃败。试想，若是当年青子与袁倪成婚，她的一言一行还能如此魅惑？

三、母亲。相对于"五四"小说对母爱的极力歌颂，这一小说则要复杂、暧昧许多。小说中，青子和丈夫育有一女一子。起初，作为母亲的青子对孩子的情感是毋庸置疑的，只是因为难以从民族革命中抽身，并未尽到母亲的责任，两个孩子长期无人看顾，她为此饱受煎熬。丈夫死后，随着她对革命的越发狂热，革命已然成为绝对律令，病子又成了拖累，她必须结束这一两难的局面，而杀子后的狂笑正印证了她内心的痛苦——她对孩子有着太多不舍，只不过，对民族主义伦理的偏执已使她丧失理性，逼得她亲手绞杀了亲情伦理。

袁倪与其母亲的关系也耐人寻味。母亲爱袁倪，但这其中有无私，也有自私，她也伤害了袁倪，有主观导致的，也有无意为之的，因而，袁倪对母亲也是爱憎交加。小说一开始，"我"便交代，自己爱着母亲。可是，当母亲为了让"我"断绝旧爱，藏起了仅存的青子旧照，苦寻无果后，"我"竟这样描述母亲："'你找什么?'母亲问我，她的声调，很不自然，仿佛有些惭愧，有些虚伪，有些愤恨。""我"向苓子提出离婚，母亲不允，并说除非在她死后。于是，当深夜街上乞讨者的手风琴声声入窗，"我"竟起了诡异的念头："'要在我死后!'这句话引起了我一种幻想——想象那琴声是母亲的葬曲了。"对情感的各个隐秘面、阴暗面的钩沉，造就了这一小说的暧昧与深度。

四、战士。有革命伦理打底，暴力的使用也便获致了正当性，"暴力革命"本是偏正词组，却几乎成了人们习以为常的同义反复。不暴力，怎么能荡涤旧迹，通向未来?人们不会有阿伦特的洞见："革命"一词虽由来已久，本指英国式的"光荣革命"，直至法国大革命以后才染上了血与火的雄浑色彩。这一偏至背后，可能是目的和手段的倒错。[①]当女性成了女战士，怎能不暴力甚至嗜血。舒群不动声色、详细入微地描述了青子杀子的暴力场景，看似冷静客观，不加评论，立场却隐然由叙事人之口托出。

如此复杂、多变的女性形象，如果再联系男性主体性的问题，考察袁倪这一男性形象与青子形象的互动，会给我们更多的启迪。按照

---

① ［美］汉娜·阿伦特：《论革命》，陈周旺译，译林出版社，2007年版。

史书美的分析，在传统的男权体制中，女性是男性的附属物，自然难言自身的主体性，即便是到了"五四"之后，子君一类的"新女性"看似冲破了家庭的束缚，但是，男性的主体性从未削弱，所谓的女性自由反倒和男性欲望达成了某种共谋关系，女性终究还是成为男性的欲望对象，从未争得自身主体性的整全。只有到了民族矛盾爆发的时候，因为国土被占有，殖民地本土男性的主体性这才遭受了严重削弱。如此一来，反倒为女性自身主体性的生成提供了某种空间。①

结合史书美的论证，我们看到，学生时期青子和袁倪恋爱时，两人的关系其实是典型的"五四"自由恋爱的模式。虽然小说交代不多，但我们不妨假想，如果没有因故暌违，如果没有爆发战争，两人顺利成婚，那么，青子很可能会成为相夫教子的妻子，而袁倪很可能会在这段关系中，占据绝对的主导地位。

而当战争爆发后，东北成为日本的殖民地，而袁倪成为殖民地治下的男性，自身的主体性遭到严重削弱。当青子再次出现时，已经是抗日的女战士，民族主义伦理塑造了她的决绝、果断和过人的手腕，反倒是袁倪困扰于身份认同的问题，变得软弱、犹疑，青子对他而言，成了一个神秘的、强大的、不可把握的对象。这个时候，她和袁倪的关系已经发生了逆转。青子在这段关系中，彻底占据了主导地位。

这个时候，青子甚至已经完全能够在两人的关系中占据主动性，她一手掌控着局面的发展，袁倪只能任她牵着鼻子走。在这里，我们仿佛看到了女性主体性的复归。但是，在青子的背后，其实还有一只看不见的、更强大的手，真正支配着整个故事的走向，那就是民族主义伦理支配下的革命冲动，青子的所有举动都是为这一冲动服务。于是，男性主体性—女性主体性—民族主义伦理三者形成一种层层递进的等级关系。

---

① ［美］史书美：《性别、种族和半殖民地性：刘呐鸥的上海大都会风景》，《现代的诱惑：书写半殖民地中国的现代主义（1917—1937）》，江苏人民出版社，2007年版。

更有意思的是，无论是当年的自由恋爱时期，还是后来的女性主导阶段，男性对女性身体的注视和欲望一直存在。袁倪对青子的真情是毋庸置疑的，但是也交缠着欲望。在当年自由恋爱阶段，如果不是外在因素的阻隔，袁倪的男性欲望迟早会得逞。不过当时过境迁后，在殖民地语境下，事情变得复杂化，因为民族主义伦理的引入，因为更高目标的指引，青子获得了一定的主体性，男性追逐的有效性被很大程度地消解了，青子对袁倪的追逐早已免疫，因而百般推脱，而袁倪的欲望却因为这一阻隔更为汹涌。

　　小说开头，叙事人袁倪斩钉截铁地自陈道："我爱的是她那纯洁的灵魂，从来没有对我说过一句欺骗的话。"但是后来，当他看着青子的旧照，又无意识地发现："只是她的胸前，两乳凸起的地方，淡了些原有的衣色。"叙事人起初坚信自己和青子是精神恋爱，但在潜意识里根本就不能忘情于女性的身体。当两人逃亡在外，旅店里，青子不让他同睡一床，他却想："我们为什么不可以睡一张床铺呢？我们不是已经结合的一对爱人吗？"这分明已经是不能得逞后的懊丧了，叙事人对青子的欲望已经呼之欲出。最后，叙事人干脆坦然承认："她在床上，我在地上，总是隔着一段不可突破的距离，隔绝着我一种最大的欲望。"对女性身体的欲望成为推动叙事人一路忘我狂奔的动力。

　　小说中，青子对袁倪的控制之所以奏效，乃是得益于她深谙女性身体的"妙用"，利用男性自身的欲望获得了对男性的掌控。在巧妙操控下，男性的主体性竟被自身反噬，因为对女性的欲望而遭到削弱。青子一句"如果你不忘记你的誓言；此后，我自然是属于你了！"袁倪便同意刺杀了，他因而彻底成了将性命都交付于女性的提线木偶。

　　最为诡异的是，即便当年两人热烈相爱，袁倪的男性欲望直至最后都未得逞，反倒是青子的丈夫因为参与民族革命，即便两人感情平淡，青子依然对其忠贞不贰，青子一直对袁倪强调，她丈夫是义勇军战士。也即，因为民族主义伦理，男性对女性身体的占有变得名正言顺，相较之下，袁倪的真情微不足道。如此看来，民族主义伦理又一次体现了自己的至高性，它将掌控女性的合法性赋予了投身其中的男性，从而使女性心甘情愿地交付身体。于是，男性主体性在另一个层面上，与民族主义伦理达成了共谋。或者说，民族主义伦理，其实就是另一种男性的伦理，这与史书美的论述也是不谋而合的。

舒群在一个中篇小说的容量里，创造了一个暧昧、复杂、宽广的文学空间，以革命叙事和情爱叙事的交缠，使亲情伦理、情爱伦理和民族主义伦理在小说中呈现、碰撞，并对战争中的女性和人性有着丰富、深入的考察，无论在思想还是艺术层面上都有其过人之处。当然，这一小说并非无可指摘，比如语言不够圆熟等，不过，这依然不妨碍其可贵。这些正是本文推崇《秘密的故事》的理由。

# 秘密的故事

几年前。

我热恋着的青子姑娘，她很勇敢，很聪明，很热情，有着健壮的身体，有着比宝石更动人的眼睛。可是，我不爱；我爱的是她那纯洁的灵魂，从来没有对我说过一句欺骗的话。

那时候，我们都是中学的学生，在放假的日子，总是有着我们的密约：看电影，逛公园……主要的还是在松花江边，谈着我们将来想象中的生活——幸福的，仿佛在构思美好的梦境。

中学毕业了，我们因为家庭贫困——我考入了免费的警官学校，她失学了。

她为了留恋我，不肯离开我，她说她要在街头过着乞讨的生活。可是她家里来人了，不许我们互相交换一句别前的赠言，逼迫她走上火车，去了——我们便这样地别了。

从此，我们断绝了一切的消息。

日本人抢占了我们这个城市以后，日夜都在加紧防御的工事：重要的街头，设了武装的岗兵；僻静的地方，用沙袋做成了堡垒。而且，派出无数的便衣侦察与宪兵；不仅是潜伏的义勇军受逮捕，就是谁家有一条军用的皮带，或是一条军用的裹腿，也许遭了死刑；所以天天传着杀人的消息，恐怖威胁着每个人。

于是，有许多人从军去了，逃亡去了。

然而，我这警官学校毕业的学生，正在做着侦缉队的分队队长。这种职务，使我如何苦恼着，只有我自己知道。我既不能听从日军的命令，去杀热血的同胞；我更不能等待，让日军杀我。所以，我也做了这样的决定：不是从军，便是逃亡。

我只有一个母亲，很少家族亲戚，在她以外，我走，我没有什么留恋的。同时，我也知道，在我以外，她更没有什么留恋的。我知道她不会允许我离开她，让自己在晚年做一个孤独者。为了避免她知道，几天来，我都是偷偷地忙着整理我所要带走的东西，预定在月底，走上我的旅途。不过，为了寻找一件小东西，却迟误了。虽然它并不是什么高贵的物品；可是，我保留它有五年了。经过几次的变动，经过遥远的旅程，我都没有丢失它，更没有损伤它，不是随伴我的身旁，便是留在我的皮包里，没有一次忘记它所在的地方。为什么这次却不见了？我翻尽了我的每个衣袋，甚至拆断了皮包的缝线，也没有寻到它。就是我肯忍着失去了它，不让它再迟误我的行期，可是，我该知道它究竟是怎样在我身边失去了的。就是我寻不到它，我也要找出寻不到它的原因来，不然，我绝不肯做了最后的结果。

"你找什么？"

母亲问我。她的声调，很不自然，仿佛有些惭愧，有些虚伪，有些愤恨，在她的神情中。当我说出我所寻找的小东西的时候，她垂下头，在沉思中向我说：

"不会丢的，放心吧！"

"你怎么知道不会丢呢?"

"家里只有我们两个人,怎么会丢呢?"

"那么,你拿去了吗?"

我逼问母亲,她默然了,笑了。可是,她的眼里有泪水滴落下来。她说:

"是我拿来了!"

于是,她害怕地从衣袋里掏出一个小包裹,给了我。我的心,跳了,有着死人复活以后的欢快一样,立刻脱去了一层黄纱,让被包裹的小东西,赤裸地露在我的眼前。它是一页相片,一面是一个年轻姑娘的面影:短短的黑发,分梳两条短辫,辫尾垂在她的肩上,垂下两条辫绳,大的眼睛,遥望着,好像在遥望着她遥远的希望。深色的衣服,很朴素,没有一丝异色的花纹,只是她的胸前,两乳凸起的地方,淡了些原有的衣色;另一面是几行秀丽的字句:

袁倪,赠送你这张相片的人,永远是属于你的人,你不要忘记她,她永远记着你。

青　子


这时候,神秘的记忆,神秘的景色,擒住了我,忘记了日军的刺刀,临近了我,我的头很昏沉,眼睛好像被遮了一层黑纱,被我视取的一切景象,渐渐地都在模糊了,死亡与生存,在我已经失去了区别。

"袁倪!"

袁倪是我的名字。母亲唤着我,使我惊跳了一下,仿佛被她从梦中惊醒了。我没说话,悄悄地走开了。她仍在我身后唤着:

"袁倪!"

我从这两个字的声调上,深深地感受了母亲的慈爱。于是,我又退回来,我问她:

"你为什么偷去了青子的相片呢?"

"我看出你要丢掉我，你一个人要走了，我能揿住你吗？我能让你走吗？我想想，只有偷来青子的相片，让你在家，在我的面前多留恋几天。袁倪，是你真要走了吗？"

"不是的！"

"那么，你收拾两个小包做什么呢？你要送我乡下去做什么呢？唉！一个人如果骗了他的母亲，也不是什么英雄！"

我还说什么呢？只有告诉她：

"是的，我真的要走了！"

于是，她的眼里，突然落了几滴泪珠，继续地落成了珠链，仿佛我的话，伤害了她。

她经过一刻的沉思，向我说：

"我让你走吧！"

我的心刚欢快些；可是她又说：

"你要答应我一件事情！"

"好的！"

"你肯吗？"

"肯的，你说吧！"

"你要同苓子结婚！"

苓子是一个护士，是母亲在我童年时给我订婚的姑娘。我从没同她有过长时间的谈话，也可以说我爱女人的感情，没有一丝是属于她的；虽然她常常穿了美丽的衣服，修饰了美丽的脸面，买来些美丽的东西来看我，好像倾吐着她所有的热情爱着我。我几次和母亲商议解除我们的婚约，她总是不肯允许我，一直迟到现在。

我扑到她的身边，我问：

"结婚吗？"

"是，结婚。"

"我不能，我不能同苓子结婚，我还要等待我的青子呢！我不是早就说给你听了吗？那么，你还说起苓子做什么？"

"袁倪，你的岁数不小了，总还是年轻，总还是我的孩子，你只知道等待青子，你不知道姑娘的心像天上的云彩一样，一会儿一样啊！再说，你不见青子有好几年了，你知道她在什么地方？她知道你在什么地方？再说，这几年的工夫，你怎么能知道她没有结婚，还等着你呢？"

"就是她忘了我，她结婚了；我也要在她结婚以后，我再同苓子结婚。"

"你是铁的心，母亲的话，你一句都不肯听。"

她痛哭了。

我问她：

"你逼迫我结婚，是什么意思？"

"我的意思，只是你要走了，即使不是为了你，也是为了我，在你走后，我也多一个人照顾照顾我啊！"

于是，我听从她，结婚了。

苓子待我很好，仿佛她情愿做我的一个仆人，任我随意地使用她，支配她，甚至不是她的错误，而我苛待了她，指责了她，她也要用笑脸在我面前赔罪。冬季最冷的天气，燃起的壁炉，已经温暖不了我们的房间，她总是在我未睡前，脱去了自己的衣服，赤裸地投入冰冷的被里，过了些时，她会向我说：

"袁倪，你来睡吧，被子已经暖了！"

在早晨，我还睡着，她已经起来了，燃起了壁炉，烘暖了我的衬衣，她唤着我：

"起来吧，袁倪！"

如果我贪恋早晨的睡眠，我斥责了她，她便像乞丐一样，倚在我的耳边，哀求着我，要我起来。

渐渐地她感动了我，有些爱她了，所以在我预定的行期，又延长了三天。

于是母亲常常向人家说：

"一个人娶了媳妇，就扯住了他的腿！"

我听了她的话，有些愤恨了，我想向她说：

"你对你的儿子，用了阴谋！"

为了报复她，我又提前了我的行期。

不过，在我辞职的前一天，在队部值日的时候，收到了一封匿名信，意思是说：在中央大街五号院内第十八户，每天都有许多的青年来往，甚至夜深，还没有散尽，好像在密议着什么，好像有义勇军活动的嫌疑；这位告密者是院内住户之一，恐怕被日军破获后，自己受了连累，特先告发了。

我怎样决定呢？把这匿名信转给总队长吗？如果中央大街五号院内第十八户，确是义勇军的一分子，那么，他们是热血的青年，是伟大的英雄，我怎么能看他们遭到逮捕，受着死刑？而且，我将用什么赎我终生不可宽恕的罪恶？把匿名信撕毁吗？如果，被总队长调查出来，我便不必逃亡，或是从军，随处都有留我的墓地。最后，在我决定办法前，我要先去调查一次。我整理一下身上的警官服装，又配好了一把短刀与一支手枪。

五号的院门，是在中央大街骚乱的尾边，有大的商店，小的铺子，提篮的小贩，卖唱的乞者……集中了杂色的人群。院内共有三十多家住户，每家都是同样小的门扇；宽大的窗子，同样地染着深黄色。所有的住户，都很杂乱，有的是商店的主人，有的是小职员，有的是白俄……我沿着院路徘徊着，注视着第十八号房间，门扇紧紧地关着，窗上遮了一半窗幔，另一半透出了屋内的一个桌角。我没有看见有人走出来，或是有人走进去，只是有眼睛，常常从窗边窥视我。这时候，我悔不该穿着警官的服装，惹人注意，于是，我要走去了。

可是，在我临去的时候，我看见窗边一副女人的脸面，她见了我，立刻避开了，在她闪过的那一刻，我认出了她。这好像神话中、传说中的故事，谁会相信是事实呢？

我自己也好像在梦中，走去敲响了门，有一个陌生的男人走出来了，问我：

"找谁?"

我不想回答他，只想走进去。可是他的胳膊横在门边，隔着我，仍在问我：

"找谁?"

"青子，青子!"

我忍不住了，喊了，几乎喊破了我的喉咙，他装作不知道的神情，凝视着我。

我拍响了门边，又喊：

"我已经从窗外看见了青子!"

于是，青子来了，她穿的是黑色的棉袍，黑色的皮鞋，黑色的发丝，遮了一半前额，一半衣领。她仍是从前的神情——笑的时候，露出白的牙齿，两颊陷入一对小涡；只是她的皮肤粗糙了些，不是从前的柔嫩。她没有说话，也没有唤我进屋，只是让身体靠近了我，偷看我的警装的每一细小部分。我呢? 昏了，火一般的血流，燃着我的全身。我不知道为什么，我不敢看她，偷偷地让眼睛转向了侧面。

这时候，忧郁的天色，加多的阴云——灰白的云块，集满了天面，渐渐地低沉下来，几乎落遍了地面。如飞棉一般的雪花，弥漫在四处，染白了屋脊，枯了的树枝，而且染白了她的发丝，她的衣肩。

一只失群的小鸟，被严寒驱逐着，迅速地从我们的头上飞过了。她的眼睛，直直地注视我，终于问了我："你怎么不说话呢?"

"我要说的话太多，我不知道怎样说好……我们进屋去谈谈吧!"

"我们就在这不好吗?"

她为什么这样冷淡了我? 意外的会见抑制了我一切的想象。我摸摸她的衣袖，我问：

"你不冷吗?"

"不!"

"我们还是进屋吧。"

"不，不方便。"

“你不住在这里吗?”

“住在这里。”

“那有什么不方便的呢? 有你的母亲吗?”

“没有。”

“那又有什么不方便的呢? 你结婚了吗?”

她的眼睛避开了我,顺手为我打扫一下肩上的积雪,默示着否认我的问话,而且在爱着我。

“这是谁的家呢?”

“朋友!”

我想她仍是从前的脾气,不喜欢任谁知道我们的关系。我怕难为她,便把我的住址告诉了她。约她在下午五点钟来我的住处。

我与青子的会见,使我记起了我们的往事,像在年前,像在昨天,就像才经过短短的一刻;使我厌倦苓子,不该让她占有了我;使我愤恨起母亲,我想向她说:

“你对你的儿子,用了阴谋!”

同时,我也在咒骂着自己,为了一时感情的动荡,答应了母亲的要求;如果我仍是坚决地拒绝了母亲,那么,我可以向青子表白我等待她的好心;可是,现在,我所有的好心,完全被苓子夺取了,践踏了。就是青子肯原谅苓子,她也不肯宽恕我吧? 现在,难于解决的问题,等待着我解决。为了我与青子的约言,为了我们的幸福,要使我与苓子结婚的证书变作废纸,好像满了一杯苦酒,要苓子饮尽;满酒的人,不是我,更不是青子,而且,也不能确定是母亲。总之,在事情决定前,我不敢预定事情的终局。不过,我相信是一幕悲剧,我不知道究竟是谁担任剧中的主角——是苓子? 或是我与青子? 至于演期,也很难指定,我想必要经过长久时日的排演吧? 所以辞职的呈文被我撕碎了。

可是,那匿名信,却被我私自保留了。如果我因此被判了任何的极刑,我也安心。我不管青子是被人告发,或是被人陷害,我相信她会向我剖白，不掩藏任何的秘密。

我下班的时候，苓子正依在窗边等待着我——每天都是这样等待着我。看见我的时候，立刻给我开了门，好像别了几年那样热诚地把我拥进屋去。每天她下班的时间比我早些，恰好与母亲同吃晚饭；她却要饿着肚子，一直等到我回来。有时候，我因为友人的邀请，下班以后，不回家，便随着友人去了，回来的时候，也许是深夜了；然后她才独自去吃了些已经冰冷了的饭菜，如果，我没有吃饭，她会重新热了饭菜，而且她不惯用老厨夫，总要亲自把饭菜送到桌上，问我：

"你喜欢不喜欢这样的菜呢？"

我随便答应她几声，或是谈些另外的什么事情。

可是这次我没说一句话，默默地吃完了饭。她奇怪了，问我：

"今天的菜，你不喜欢吃吗？"

"不！"

"饭冷了吗？"

"不！"

"那你怎么吃这么少呢？"

"我的胃有些痛。"

"你病了吧？你的脸色那样难看呢！"

她惊了，仿佛是她自己的生命遭遇了危难，匆忙地披起大衣要为我去找医生；我制止了她，她不肯，几乎要和我吵叫起来！母亲听见了，立刻把我送上床去，她说因为天冷，我穿得太少伤风了，叫老厨夫给我泡了一杯红糖水，她要我一气喝尽，最好使身体流出汗来。

"伤风症是很厉害的病！……"

苓子代替我向母亲劝阻着红糖水，她用医学的知识向母亲解说着伤风症的病理。她动摇了母亲的主意以后，她自己也没有更好的办法，张开着两手，要哭了。

我看看表，快五点钟了。于是，我向母亲说：

"你去请刘医生来吧！"

苓子却说：

"刘医生在船坞，太远了，来去一次，要一两点钟，我看还不如我回医院去请一位医生来。"

母亲也同意她的话；我却激愤了：

"我不信任别的医生！"

于是，母亲去了。

然后，我又叫苓子去于家包铺给我买包子；可是她说：

"多远啊！半点钟也买不回来，还是在附近买吧！好吗？"

"不好，我只喜欢吃于家包铺的包子！"

于是，她又坚持叫老厨夫去买。我看表只差十分钟五点了，我激愤地说：

"不用你去买，不求你；我自己去买好啦！"

"老厨夫不是一样吗？"

"我信着他，还叫你去做什么？"

她的手，拍打着我的胸脯，做了笑脸，好像在哄着一个孩子：

"睡吧，不要生气，我不是不愿意去买，我是担心家里没人照顾你，我走了，不放心呢。睡吧，不要生气，我去给你买，睡吧！"

她刚刚走出，时间已经是五点钟了。

我从床上起来，整理着房间，老厨夫知道了，劝我躺下，他要我指示他，他去工作，我没听从他，要他去了。最后，我从墙上摘落了我与苓子结婚的相片，把友人赠送我结婚的银盾，移换了位置，放在使人看不见的地方去。

一刻钟过去了，青子还没有来。这时候，我才知道一秒钟也是长久的时间。

直到苓子买了包子回来，我仍没有看见青子的影子。

苓子把包子给了我，勉强地吃了一个。她的脸色，被寒风吹得惨白，而且，还在喘息着。

"你跑啦？"我问。

她点着头，默认着。然后她伸出左腿来，给我看，她的丝袜碎了一条；膝骨破了，流出了血丝。她自己在默语着：

"跑着，跑着，就跌倒了。"

"你跑什么！"

"你一个人在家，我不放心嘛！"

一个人为了自己的幸福而使别人遭受了不幸，这不是罪恶吗？这时，我却没有这么想。看着她独自躲在一边，用手掌揉搓着伤痕，为着忍痛，她让眉间积起了一束皱纹。

我问她：

"痛吗？"

她却否认：

"不！"

"你不怨我吗？"

"不！"

"我不信！"

"一个人应当坦白，难道我要欺骗我所爱的人吗？"

她的话有些感动了我。我说：

"为了我，苦了你！"

"只要为了你，怎样苦了我，我都愿受。"

她的话，使我有些怨着青子——不守自己的约言。

可是第二天早晨，青子来了。那时候，我还在熟睡中，被敲窗的声响唤醒了；我披起衣服，走下床去，苓子也没有醒来。在门边我问了几声，也没听见回答。以后，我才知道她正倚着窗子，一面向屋窥视着，一面在等待着开门的声响。

她走进客厅来，我抑制不住自己的感情，拥抱了她，随着我又退缩回来，因为我与苓子的房间，母亲的房间，厨房的房间，每间的门扇，都贯通着客厅，从每间出入，也都要经过客厅。如果是苓子起来了，我所隐藏着的秘密，要全部被她揭开了，并且几年来她已经知道我另有着爱人——青子。虽然，她没有见过青子，但是我所保留的青子的相片，她早已熟识了。母亲起床很晚，就是她看见了青子，我也有话向她解说。苓子起床很早，我怎样让青子避见她？或是怎样让她避见青子？我既不能有更好的方法使青子随我走去，又不能使她长时间地睡眠，我只有等待着让意外的事情在想象中发生。不过，我向青子说话声音却是很低，几乎使客厅外的人听不见。可是青子总在说：

"你大些声，我听不清楚！"

我这是在受刑罚了；刑罚；也许不会这样的痛苦——我回答青子说：

"我的喉咙很痛。"

开始她述说着我们别后她的生活，以及最近日军怎样轰炸她的故乡，使她怎样地逃出来。

我一面听着她的谈话，一面还在听着每间房间所发出的声响，甚至老厨夫的咳嗽声，也使我受了虚惊。我找不出什么适当的话，说给青子，只是感慨地说：

"我们别了五年多了！"

"还差四个月十三天，才五年呢！"

"你记得真清楚，这么长的时期，你都没有忘记！"

"你已经忘记了，怕是你已经忘记了我吧？"

她连续地说了些谴责我的话。我说：

"青子，这不怨我，是怨你；我不知道你的通信处，你知道我那时候在警官学校，你怎么不给我一封信呢？"

"你不知道，我离开你以后，就随着母亲到很远的乡下耕地去了。那里不通信，你想想我怎么给你写信呢？半年以后……"

她的话，自动地中断了。我逼着她说下去，她却拒绝了我，在不安地探视着我。

我的神经被多方分割着，却忘记了招待青子。于是给她指了椅子，让她坐下：可是她仍在站着，不知她在想着什么，一只手撑着桌边，一只手揉着一条白色的手帕。

我特意又给她满了一杯茶，她说：

"谢谢你！"

我看她那种突变的神情，我不能不说：

"你怎么这样客气了呢？青子，你变了！"

"我没变，是你变了！"

我张开了两手，让她尽量地注视着我，我说：

"有什么变的呢？"

"你做官了。"

"这是为了生活！"

好像她不肯原谅我似的问：

"你做的什么官呢？"

"侦缉队的分队队长。"

她听了我的话，她的眼睛睁大了些，身体抖动了一下，在她失神中，她手里的茶杯落地了，响了一声清脆的响声，碎了。随着，我便听见了我的房间也有了响声，不是床板受了震动，就是有什么东西触了墙壁。我的心跳着，走近青子，她却推着我，我问她：

"青子，你怕我吗？"

"不！不！"

可是，她的神情，不是表示她还在怀疑我吗？我为了避免她的疑心，我特意向她说明了我会见她的原因，并且，把那匿名信给她读了。她说：

"这不是告密，这是陷害！"

"陷害？"

"你不相信我吗？"

"我不相信你，相信谁呢？"

这时候，我确是听见了苓子抖搂衣服的声音，我不得不向青子说我有重要的事情，要她先走了，虽然我们一段的谈话，还没有终结。

为了陪送她，我在街上绕了一个圈儿。回来的时候，苓子已经走了。

事情总是不如意，我的精神已经失常了，总队长却要我去侦查一件盗匪案件。我想趁着这次机会，去找青子，只是她许我找她的日期是在两天后。为什么在两天后呢？她也没有说明正当的理由。不过，我为了尊重她的意思，走了一段中央大街又转向了归路。并且我受总队长的命令，也要准备些报告的材料。

下班以后，我一直走回家去。苓子并没有在窗前候着给我开门，是老厨夫代替了她。

客厅里没有一个人，无意中使人感受了几分清冷：虽然壁炉的木柴正在燃烧着。我没有停留，便走进母亲的房间去，她在默默地冥想中愁苦着。我唤了她，她怒视我一下，我问她：

"你生气了吗？"

"我没生气，可是有人生气了！"

"谁？"

"你的人，苓子。"

"为什么？"

"我不知道！"

她的每句话，都有些抱怨我的口气，好像因为我增加了她的愁苦。其实她正应当抱怨她自己——结婚是她的主张。

随后我走回了自己的房间。苓子在床上，一只手掩着前额，一只手握着我保留着的青子相片，注视着，好像侦探在检视着一张逃犯的相片。她脸上遗着几粒未净的泪水，身边的白色手帕，却已经湿了。她看见我，立刻从床上跳下来，因为短短的时间，不容许她藏起避我的秘密——青子的相片仍留在她的手上；不过，她有些难为了自己，脸红了。

"今天忘记等着你给你开门了！"

她从苦脸上勉强地透出几缕笑丝。仿佛要我宽恕她的过失。我随便地问她：

"今天你怎的了?"

"头有些痛!"

"今天你起来得太早了。"

她看我笑了,她故意抑制着自己真实的激愤,做出虚伪的怨恨的神情说:

"如果今天我起来不早,我怎么能看见那个女人?"

我心跳了,已经不必再问她气愤的原因,完全明白了。不过,我仍是装作不知道的姿态,探询她:

"哪个女人呢?"

"你说'哪个女人'呢?"

她学着我的声调,有些在讽刺我。我仰起头来,一面在地下徘徊着,一面在自语着:

"哪个女人呢?"

她指着青子的相片说:

"就是她!"

"奇怪吗?怎么就是她?那么,以后再有女人来,你都想是她了?"

"我只差一步没有遇着她;可是你陪她刚刚走出门去,我从窗子看见她了,她的眼睛,同这张相片的眼睛一样,很大,也很黑呢!"

"你敢说是青子吗?"

"不是她,是谁?"

"同事的女人!"

"那我怎么看见你们握着手呢?"

"不是握着手,是我给了她一元钱。你知道她很早地跑来做什么?是因为同她的男人吵架了。我给了她车钱,又劝她回去了。"我突然转换了暴躁的声调说,"现在,我才知道,你也是一个好疑心的女人!"

渐渐地,她相信了我的话,感到自己理屈了。扑到我的胸前用多样的表情,多样的动作,企望激动我欢快些,原谅了她。可是我为了更加强些自己的理由,不能不向她施用更大的苛责。于是,我握着她的手腕，猛力地从我身边推开，使她跌倒地上，哭了。

窗外已经黑了，玻璃窗上好像披起了黑纱，或是黑色的布幕。邻家的灯火，染黄了白色的窗幔。从窗边经过的脚步声，很清楚地透进来。屋里的黑暗，渐渐地由稀薄转为浓厚了，一切的形象都失去了边廓。在死静中，只有钟声摆动的节奏，伴着苓子的哭泣。她两手环裹着我的腰，脸面藏在我的颈下，她在我面前忏悔。

不知为什么，我的愤怒由虚伪变成真实，向苓子提出了离婚的问题。于是，使她从我身边松软下来，像是一个失去了母亲的孤女。要求我收容她，怜爱她。而且跪下了，用手拍打着我的腿骨，在换取我的同情。

"你不能这样狠心！"

她哭诉着，嘶叫着。我说：

"你少说些吧，请你立刻离开我！"

"不，不离开你，永远不离开你！"

"一定要你离开。"

"那我就自杀！"

"你不是很可以独立生活吗？"

"我不，我不！"

她的喊声很高，母亲听见了。

母亲长叹着，走进来，给我们开了灯。她问清了事情的起因，她袒护她的儿子，又严责了苓子。不过，苓子向她说了我提出离婚的问题的时候，她却骂了我。她说：

"你说离婚，你说得不是时候！"

"要在什么时候呢？"

"要在我死后！"

于是苓子取得了有力的保证。她一面安慰着母亲回去了，一面劝说我：

"吃晚饭吧！"

我没吃，她也没吃。可是她睡了的时候，我还清醒，想着母亲给我留下的一句可怕的话：

"要在我死后！"

夜深了，因为日军的岗兵限制行人的自由，街上早已冷清了。不过，手风琴的乞讨者，还倚在街旁，奏着熟练的调子，哀怨地在苦诉着人类的不平，一声声地透入窗子，透入我的耳里，占有了我的灵魂。

"要在我死后！"

这句话引起了我一种幻想：——想象那琴声是母亲的葬曲了。

在夜里，我曾失眠了，像疯人一样，穿着衬衣冲向外边去了一次，受风吹了，肚子痛了。苓子醒来，给我揉搓着，陪了我一夜。

早晨起来，就去看青子，虽然她约我的会见还有一天，但是，我的确忍受不了那比一年、一世纪更长久的一天了。

路上，很冷清，清道夫刚刚开始他们的工作。阴暗的角落，还迷藏着一层模糊的夜色。我走到中央大街五号门前的时候，看见十八户的门开着，窗前停了一辆载重的马车，已经有人向车上搬运东西。

这也许是侦探的习惯养成了我，没有进去找青子，退开了，停在另一条街边等候着。

经过半点钟的工夫。那辆载重的马车，满载着零乱的家具被一匹老马拖出了院门。有一个陌生的男人随靠车边走着，向四处张望。我让车辆去远了些，向我拖开了一条长些的距离，然后，我才随着车尾走了，转过几条街道，转入了一处的院内。我留在门外走了。

在当天的晚间，我也在同一院内租妥了一间房间，恰是第一户的家里，从我的窗里可以清楚地望见院内的几条小路，也可以清楚地望见院内走过的行人。

我为了不在家里留宿的缘故，向母亲、苓子说侦缉队的事情太忙，总队长给我加多了夜班。苓子怕冻了我，为我选了两条厚的被子和一个鹅毛的枕头。

不过，空闲的房间，太冷了，玻璃窗上，已经结满了霜花。我用气息的温暖，让玻璃窗化开了一个吻印，从窗里透视着窗外；可是，一刻的工夫，又冻了，模糊了。于是，我加多了房钱，要房子的主人，给我燃起了壁炉。两点钟以后，窗上的霜花，完全化开了，流成了一条一条的小河，流下窗沿去。

天黑了，我向外窥视着，只看见走过的人影，却辨识不出任是谁的脸面，所能区分的，只是孩子，或是大人，男人，或是女人。

屋里，高悬着一盏孤灯，却明亮地照着四壁，明亮地照着壁上的花纹。房间是很漂亮的，不过用具很简单，只有几张椅子，一张桌子和一张铁床，在窗边另有古典式样的画框镶着一幅油画和我被灯光剪了的一幅剪影，这一切都在死静中，我的剪影也很少移动。

炉火烧红了炉门，好像是红色灯笼的一面，地板上加强了一处更明亮的地方。

我仍在窥视着窗外。落雪了，一个人走过了，又两个人走过了。

这时候，我已经失去了疲倦的感觉，只知道恨这雪夜；不然，在月下，我不是可以看清了走过的人的脸面吗？

一夜尽了，我也没有看见青子。

为了必要探知青子房间的号数，向总队长请了一天病假，在窗边守候她，终于看见了她走入第十六户的门去。我这才安心了，在清醒中，想象着一些梦景。

可是窗外的孩子成群了，吵叫着，打破了我的安静。他们戏弄夜里的积雪，在我的窗前做着肥胖的雪人。

我很喜欢孩子，也很喜欢他们的动作，所以，又把我诱到窗边去。

不久，又跑来一个女孩，穿着一身整齐的棉衣，梳了一对短短的发辫，红色的辫绳，在风里不住地飘打着她的脸颊，她向其他的孩子喊叫着，她要做他的伙伴。可是他们拒绝她：

"谁认识你！"

她向每个孩子都投着同样的陌生的眼光。她突然挤入了孩子群中，随着人家的动作给雪人做着头部。可是，有一个男孩推出她，打她一掌，同时她也还他一掌。

我看他们要打起架来，便敲响了玻璃窗，让他们的眼光集中到我摇摆的手指，做着制止他们吵架的表示。他们两人不听，仍取着斗争的姿势。我跑出门外的时候，女孩已经失败了，倒了，脸上还有了一块小小的伤痕，流血了，她哭跳着，不肯完结。我哄着她，把她抱进我的屋来。她仍向屋外挣脱着，我说：

"天太冷了，你不怕吗？"

"不，不怕！"

"你听我的话，不去吧，等我去打他，好吗？"

"好！"

我给她拭净了脸上凝集的几滴血迹，剪了一块小小的纸块遮贴了她的伤痕，我一面温暖着她冻冷了的手，一面问着她：

"你几岁啦？"

"五岁。"

"姓什么？"

"姓王。"

"叫什么名字？"

"小青。"

"你常同他们玩吗？"

"不，妈妈昨天才搬来。"

"昨天才搬来，妈妈不放心，要找你啦，快回去吧！"

可是窗外的那个男孩，伸出一只拳头，横着她的去路。我立刻叫着她说：

"小青，小青，我送你去。"

我抱起她来，那个男孩才让开我们的去路。

我问她：

"你家在哪里？"

她指给我窗前斜面的一页门。我抱着她走向第十七户去，她却又校正我走错了去向。她说：

"是那家。"

她指的是第十六户。

过道上，很黑，走进去，便迷了眼睛。我不知道第十六户内哪个门是属于她家的；我问她，她却任着喉咙叫起来了：

"妈妈！"

我知道青子也住在这里，我担心着小青的喊声骚动她看见我，我低声地说：

"你指给我你住的屋子。"

她寻遍了沿着过道所有的几个门，都没有确定地指给我，仿佛她已经记不起她的屋子，使她又叫起来：

"妈妈，妈妈！"

在我背后有一页门开了，因为我抱着小青的缘故，她的视线正向着我的背后：门里的人她看见了，我没看见。我听见了她扑出两手叫着：

"妈妈！"

我转过身的时候，看见有一页门开着，门缝间透出的光线，使我清楚地看见了她所扑着叫着的那个人，是青子，是她的母亲。

我是痴了？是气愤了？我不知道我该说什么，该怎样地动作；我只是把小青送近青子，等候她伸出手来。她呢，像要接受，又像要拒绝，我看出确是难为了她。

我们身边走过的人，都给我们留下了一种好奇的眼色；或是被我们引诱着停留了一下。

结果，我把小青放在地上，没做一声，便走了。

"青子，我才认识了你！"

我骂着青子。

不过，我又怀疑青子，她为什么从我理想中逃脱了？我有什么负疚于她的事情使她从我理想中逃脱了？我重检了我们中间所有的事迹——没有一样，我负疚于她；同时她也没负疚于我——除了我们这次会见以外。

我不管她对我是怎样的态度——即使她嫁人了，丢弃了我，我也要知道她嫁人了，丢弃了我的原因。其实，如果她有她的苦衷，她嫁人了，丢弃了我，向我说明，不是很平常的事情吗？为什么欺骗我？如果她确是义勇军的一分子，她也该相信我们几年的爱情是她生命最大的保证——虽然，我是侦缉队的分队队长。为什么欺骗我？

我要知道她欺骗我的原因，特意给她备妥了一支手枪和一粒子弹，她也许还记得我发枪是怎样准确吧？

晚饭的时候，我回家了。

母亲与苓子都说夜班太辛苦人了，一夜的工夫，我已经瘦了。而且苓子向我说：

"侦缉队如果一定要你加夜班，你可以立刻辞职！"

"这不是人干的职业，我早就够了！为了生活，还说什么！"

"我们宁肯遭罪，也不愿看你这样受苦。再说，我们节省些，你的薪金已经够用了。"

这一天的夜里，我在家里留宿了。

第二天，是星期日，从前整天地留在家里，因为街上每处都有日军的狰狞面孔，常常使用胜利者的暴力，威胁着我们这些被征服了的同胞，就是我们这些公务员，不因为任何的缘故，也常常受了欺辱；所以我宁肯牺牲自己的一切自由，避在家里，读些自己喜欢的小说，或是朗诵几首诗句，或是整理犯人的口供；小说、诗句固然可以感动我，送走了整天的时间，可是犯人的口供却常使我读不完一页，直到九一八事变以后，我甚至不能读完一段、一句。比方，义勇军和一些其他政治活动分子，他们被捕了，便是做了犯人，使用人类最残酷的刑具逼迫他们的口供，这在几世纪前，早已应当灭绝的野蛮的暴力，却仍被最无理性的暴徒遗留着，使用到现在，好像犯人永远不是人类的子孙，如同牲畜一样。而且，现在把这种暴力使用在同胞的身上，就是忍受不了刑逼，承认了自己的口供。他们的犯罪事实是什么呢？

也不过是为了他们的祖国——好像在祖国的生命的危亡中，做了祖国的医生。这是他们的罪名吗？那么，如果不是母亲逼我与苓子结婚，或是不会见到青子，我也许承认了同样的罪名。这个星期日，不仅是没有整理犯人的口供，就是小说、诗也隔离了我。吃过早饭，我便走向我的另一住所去了。

房子的主人特意问我昨夜为什么没有回来，我说：

"怎的？"

"有人找过你了。"

"留字了吗？"

"没有。"

"怎样的人？"

"先是一个女孩子来了，后来，她又领来一个女人。"

她说着，还在比画着她所说的女孩和女人的身量，怎样的脸面，怎样的衣服。

"说什么了？"我问。

"什么也没说。"

我已经完全知道了找我的人是谁。我要走进我的屋里的时候，她又补充了一句话：

"她告诉我她们住在十六号。"

她也许怕我不知道第十六户的门扇，特意引我到门外，指给我了。

我不想再离去我的房间，要直守到青子再次到来。

一点钟过去了，两点钟过去了，她仍没有来。每次我听见有人走进来的脚步声，都引动我，推开门，探视一下。

我耐不住这无尽的等候，我去找了她。她的门锁着：不过我从窗边看见她的东西并没有移动。

时间磨难着我，已经疲倦了。我沿着房间的角落踱着，踱着，我企图踏落一条地板，让我陷入地下的底层。同时我用拳头击打着墙壁，让细碎的粉面落满了我的衣袖。

已经是夜了，青子来了，她仍是扯着小青，苦恼的情绪，使她不敢抬高眼睛看我。

　　我只是做着苦脸，没有说话。她先说了：

　　"你恨我？"

　　"不！"

　　这是我勉强说的——她也许感到了，她用眼角斜视着我的动作，走近我的身边来，又问：

　　"你恨我？"

　　"不！"我更勉强些。

　　"那么，你躲我做什么？"

　　"我怕你了，青子。"

　　"你肯原谅我吗？"

　　她问着我，随着两手环裹了我的脖颈，候我给她答复。她看我做了原谅她的表示，她笑了，小青也笑了。

　　然后青子肯定地向我说：

　　"我已经结婚了！"

　　这句话，仿佛是说我所想念的希望，已经完全绝望了。可是，我很镇静，让我的表的摆动声，从我耳边一声声地响过。为了不使沉默包围着我们，我随便拣了一句话问：

　　"姓什么？"

　　"谁？"

　　我不愿意说是她的丈夫，便指了小青的头顶说：

　　"她的父亲。"

　　"姓张。"

　　这两个字的字音，刚刚冲出她的喉咙，小青便校正她向我说：

　　"姓王，姓王！"

　　她仿佛被小青揭开了秘密，脸红了。我看她那般受窘的神情，我便继续地说：

"随便姓张姓王都好!"

可是小青仍施展着她那童年的记忆力:

"是姓王!"

然后,她看小青离去她的腿边,躲在墙角,在观望着我放置的一束鲜花,她说:

"是姓张,小孩子就会胡说。"

"张先生在这吗?"

"不,他在外埠。"

"职业?"

"经商。"

"那么,你们怎么分居呢?"

"我们的感情很不好。"

这句话,仿佛在我的绝望中,又闪开了一丝的希望,我的心从冰冷中温暖起来。

她有些疲倦了,经过一刻的休息后,她又兴奋了,她说:

"你知道我为什么又来到这里?"

我沉默着。

"我是为了你!——"

我仍沉默着。

"哼,几年来,你哪知道我所受的痛苦,怨谁呢?都怨我的母亲不好。其实也怨自己年轻,答应母亲,结婚了。"她更兴奋地张开了两手说,"袁倪你来,我要求你离我近些,最好是让我握住你的手,你听着:我结婚以后,没有一天忘记你。唉,我这好心有谁知道呢?甚至,我每天都打听你的消息,想知道你的住址,逃来时找你。可是那时候,你在警官学校已经毕业了。直到现在,我不顾一切逃来了,我并没敢预想可以找到你。谁想到竟有意外的事情使我们会见了呢?如果我是一个基督教的信徒,我要说那是上帝的力量!"

我听着,受她感动了。我问:

"我们的会见，在你也是快乐的吗?"

"是的!"

"那么你这次来，是为了我?"

"是的!"

"可是，你见了我，为什么又躲避我搬家呢?"

她想了想说:

"谁的事情，也都是一样有后悔的吧? 不然为什么我见了你，又想不见了呢?"

"那么，你也后悔了吗?"

"不，也不能说是后悔!"

"怎样呢?"

"我总感觉你会有一天知道我结婚的消息。我还有了孩子。我怕你伤心，也怕自己伤心!"

"你早些告诉我，我也不偷偷地随着你，搬到这里。你明白吗?"

她走的时候，小青还在留恋我，我也很爱小青那最高贵的纯真，我说:

"小宝宝，我愿意常常看见你。"

小青扑着我，我要留她在我的屋里，青子不肯，终于让小青哭着随她去了。

这次青子走后，我悔我没有拖住她，要她听见我要说的这句话:

"我比从前更爱你了!"

她遗下的欢快，在我也许是生来第一次感受。

可是，我与苓子却常常吵架了。

有一天，我回家去吃早饭，知道母亲在夜里复犯老病，在她的床边坐了许久，被苓子唤去了我。

苓子低着声音问我:

"昨夜你在哪住的?"

"在队部呗!"

于是她哭了。

早晨的阳光，占有了全窗，屋里十分明亮，墙边仅有的一些污痕，很容易触入人的眼里。老厨夫在做早饭，是一天中最忙的时候，又加为母亲煎药，不住地从客厅走来走去，每次都隔不了三两分钟；所以，苓子特意地抑制着自己的哭声，怕被老厨夫听见，或是看见。

我很奇怪，这是什么事情发生了呢？我只有默默地等待着她说明。

"告诉我，你昨夜究竟在哪住的？"

"队部呗！"

"不是的！"

"谁说不是的？"

"我说不是的！昨夜我为了母亲的病去找了你，我几乎问遍了队部里所有的人，都说你从来也没有在那住过一夜，也更没有加什么夜班！袁倪，你告诉我，你不在家住，你都是为了些什么事情？"

她很温柔地说了许久，我却没有一句话来答复她；仿佛她已经耐不住我那般的沉默，她又问：

"袁倪，是怕我知道的吗？"

"我的事情从来没有怕过谁？"

"那么，你告诉我！"

我没有什么适当的方法，使我们的谈话做了结束，我只有用气愤的脸色，威胁她，让她随着我的沉默而沉默下去。然后她哭着，悄悄地向自己说：

"哼，袁倪有了外事。"

"我住了妓女！"

"如果，你真是住了妓女，那你不对！"

她并没有生气，也没暴躁，只是表示要我尊重些她的意见。可是我看事情，已经破碎下去，我便任它再多些破碎：

"离婚好啦！"

"离婚？为什么你总要说离婚？"

"不为什么，就要离婚！"

"那你不如说要我自杀，你不知道我有孕了吗?"

我记得她从前向我说过一次，我并没有在意。这次我看她的肚子确是有些大了，——大腿与胸脯间，好像由直线变作了弧线。

她独自地默语着，仿佛是在说：

"你不爱我，还不爱你的胎儿吗?"

我总是坚持着两个字——离婚，我这可以给她做了一切的答复。

不过，此后我不在家里留宿，她不再问我过夜的地方，她也并没有把这种事情转告了母亲，好像她自己该忍受着更大的悲哀，不拖累她以外的任何人。并且待我，仍是如从前一样，没有引起她一丝的反感。好像她要做一个最忠实的宗教家，用宗教的慈爱感化我，相信我总有一天在她面前做祈祷式的忏悔，要求她宽恕我的罪恶。

有时候，她看我欢快着，她便随着我的欢快更欢快地问着我：

"你有什么秘密?"

或是：

"告诉我吧，你的秘密！"

如果我因此转变了脸色，她便急快地收回了她的问话；所以我们感情的线段，是完全由她一个缠系着，不使它中断，分作两段。

都是因为事情太多，几天没有见着青子了，也许因此更想念着小青。

在我窗前集拢着的孩子，一天一天地玩着，他们永远不厌烦雪人的工作，几次地都在检视着他们的脸面，却没有一次见过小青。

我的意思是要叫小青找米她的母亲。我不愿意常常跑到青子的友人家去找她；并且有时候，她也不在家。

那天，在下午，我从队部回来，在孩子群里，我发现了小青。我从很远的地方就叫着她：

"小青，小青！"

她却躲避我，好像躲避童话中最可怕的怪物。

我看她垂下头，走向她去了；用手托高了她的下颚。她推着我，拒绝我的手触动她。

"你不喜欢我吗?"我问她。

她怕我,不敢正视我。我又问她:

"你怎么不找我玩呢?"

"妈妈不许我找你。"

"为什么?"

"她说你是白眼狼。"

小青的话,不使我有一丝的猜疑,因为她有着人类最珍贵的纯真。我仍在问她:

"你怕我吗?"

"怕!"

"那么你怎么敢在我的窗前玩呢?"

"你不在家。"

"妈妈不管你吗?"

"妈妈也不在家。"

"噢,没人管你了!"

"不,还有爸爸呢!"

她的小手,为我指着她住的那页窗子,仿佛说她的父亲就在里边,正是这时候,窗子开了,从窗里探出一个男人的头来,是年轻人,留着长发,下颚边,垂着一条淡色的领带。不认识他的人,也可以知道他不是商人。并且以我侦探的经验,很难误认了人。他探视着我,向小青摇着手。

于是小青像一只脱笼的小鸟飞向他去了,并且,不住地喊叫着:

"爸爸,爸爸!"

不知为什么小青的喊声,透入我的耳孔,比刺入一把尖刀还痛,使我气愤了那么久。进屋的时候,甚至,我的动作也失了常态,把一个墨水瓶误作了茶杯,浇了茶水。

在窗边,我看见了青子回来,又看见被小青称作父亲的那个男人走去了；他去后，我从他整幅的身影上记起了他就是第十六户所有的人中，是我最熟识的一人。

我张大了嘴，伸开了两膊，让胸间的闷气，尽量地吐出几口；然后，离去了自己的房间。

在青子的门前，我轻轻地敲响着，在我听见她的回声以后，才走进去。

也是同我住的一样的房间，有着很完全的设备，在床边的小桌上，还有两盆结着花苞的鲜花。不过，一切东西都没有经过整理，也没有放在适当的位置。例如：两条被子都没叠好，散在床上，有一条的被角，已经触到地上，墙角边，堆集着麻绳，小碗，和一些被撕了细碎的纸屑。这种杂乱安置的习惯，有如下流旅店的景象。

青子对我站着，小青从我们身边绕着圈子。我不看青子，讽刺她说：

"聪明的青子，我更认识了你！"

她把小青推开去，高扬着头，抖着嘴唇，仿佛容忍不了我那样的讽刺，她说：

"你不要说这些话吧！"

"我为什么要说这些话，你也许明白吧？"

"我有我的苦衷，请你原谅我！"

"事情永远都可以原谅的吗？"

我握起结实的拳头，击响桌面。她立刻制止着我说：

"你要担心些我的小英！"

"谁？小英？"

小青给我指着床上的一边，在模糊的色彩中从被边露出的小小的脸面：半合拢着眼睛，惨白的脸色。

"小英，我的弟弟！"小青告诉我。

小英像才生下不满几个月的孩子，我为什么从他的脸上也感到了憎恶呢？故意又把桌面击了两拳。

青子跳着，敲打着自己的胸脯向我说：

"袁倪，你安静些吧。"

"怎么？"

"小英病了，病得很沉重呢！"

"死了，与我有什么关系！"

"你不该这样，即使你仇恨我，你也不应当在孩子身上寻找报复！"

"我才知道你这样爱护你的孩子！"

"谁家母亲不爱她的孩子呢？"

我似乎是再没有什么适当的话说给青子，因为她已经不肯容忍我，好像她宁肯使我们的爱情决裂，她也并没有一丝的留恋。同时我也希望自己用些严厉的表示，换取些她无情的言语，使我更愤懑些，使我忘去想念她的好心，让我们几年来，一丝一丝积蓄起来的爱情，在这次做最后的结束。而且有着比我们爱情的痛苦更大的痛苦——日军的刺刀，弹粒，天天准备着屠杀我们，我哪有更多的力量被缠绊在爱情的痛苦中？

青子在床边拍着小英的胸脯，用着一种最流行的调子哼着催眠歌；每句的尾音，都很冗长，而且低沉，会使一个人从兴奋中疲倦下来，合拢着眼睛，渐渐地走向梦境。可是等了许久，小英还没有睡去。因为我已经没有更多的耐性等待，便用严肃的神气扯了一下青子的衣袖，她给我的表示，却是任何事情也要在小英睡去以后。——母子的感情也许超过了一切！

"我现在有话说。"

我逼迫她立刻从小英身旁移开，激起了她的反感，终于气愤了，她说：

"你如果这样不讲理，我没有一句话向你说，现在我就要走了！"

"走，太慢，你跑吧！你也许还记得我从前用匣枪打飞雀吧？"

我从大衣里抽出了匣枪。于是她更暴力地向我的匣枪，伸近头来：

"给你打，给你打，你不打死我，我不答应你！"

可是我却把匣枪从她头边移开些，躲避着她，垂向地下去。我告诉她：

"我要去了，等些时间再来！"

"你要知道一个独身女人的住所，没有经过允许，男人是不可以随便来的！"

她说着，她的身体都气抖了。

小英在床上哭叫着，悲惨充塞了这房间。

我说：

"好吧，我永远不来！"

可是小青，还扯住我的衣襟，不喜欢我离她。在我拖开我的衣襟的时候，小青被我拖倒了。

在同一天的黄昏，被小青称作父亲的那个男人，手提着一个小皮包回来了，又走出了。虽然他不像一个旅途上的旅人；但是，青子携着小青却充满了别离的神情，在他身后送行，给他打扫着肩上的尘灰，给他皮帽垂下的帽绳，打了结，好像怕冷风吹冻了他的下颚与脸颊，并且在默默地低语着，仿佛嘱咐着旅人，为旅人祝福着平安。这种别离，绝不同平常的分散，使双方都怀着恋别的心绪。

天黑以后，我在青子的窗前，徘徊了几周，终于没有走进去。因为我看见的窗幔上集拢着一些错乱的头影——侧面的嘴唇，不住地动着，不过说的话，我没有听见一句。

自与青子会见以后，我便被她丢在一只小船上，在梦想中，在茫茫的海洋中，她握着舵，使我失去了自主的去向。现在，舵，不知是她交还了我，或是我从她手中夺来了。总之，是被我握在手里了，我要驶向我自主的去向。

我决定辞去自己的职业——不是从军，便是逃亡。


母亲病了，苓子的肚子一天比一天大。我并不担心母亲，因为她要求我与苓子结婚，而且不许我与苓子离婚，我已经使她满意了，在我心里，对她没有一丝的遗憾。苓子呢，她有她的职业，她可以维持她的生活，并且她有豪富的家庭。虽然她深深地爱着我；但是，我对她总是路上相识的路人一样；就是有时我抚慰她，或是留恋她，也是被她感动了而可怜了她——仅是短短的一刻。如果，我们别后，我丢弃了她，我也很安心，因为伤害她的人，不是我而是她自己——她始终不同意我离婚的意见。如果让我们的别期延迟在她生产以后，我也许因为新生的婴孩激动了感情，留住了，那么我将永远做了她的丈夫；永远在失去的土地做着奴隶，任人鞭打，屠杀，直到死后，才有终结，而且给自己的子女也造定了奴隶的命运，就是我仍有离去的决心，那在我的感情上，将受了更大的打击，更苦的连累。

我在家连续住了两天，日夜都被那种错乱的心绪纷扰着，虽然有苓子安慰，但是她的话，已经很难打动我的心。我在家多住几夜的原因，是要她给我理好我所带去的东西。因此她近两天在上班工作的时间以外，也没有一刻休息的工夫，为我洗着衬衣，缝了两条棉绒的短裤。她说：

"路上风冷，我怕你肚痛！"

在床边，堆集着的一些东西，都是经过了她的手，费去了她长久的时间。

"你想想，还有什么东西没有?"

苓子停止了她的工作，笑着问我。我检视了一下，所要准备的东西，仿佛已经齐全了。我说：

"你再替我想想吧！"

她在地上踱着，拖着很慢的步子，一面沉思着，一面随手拾着东西，有的丢开了，有的又堆在床边。她的脸色随着天色暗淡，渐渐地布满了忧郁，天已经完全黑了。她从床下拖出我的小皮包的时候，特意地开了灯，灯亮了，她忧郁地揭开了小皮包，她问我：

"你看看，你要带去不?"

"什么?"

"你的宝贝!"

是青子的小相片,在她的手中举着给我看。我说:

"不要了!"

"你应当要!"

她的忧郁神情中透出了几分嫉恨,虽然她勉强笑着,让笑遮掩着她的脸。

"为什么我应当要?"

我故意逼问她,她立刻反问我说:

"为什么你保留几年却不要了?"

"让我保留着吧!"

我接过青子的小相片后,她已经抑制不住她那极大的嫉恨;虽然她表示了同意我的话。

我望望青子的小相片和片后的字句,突然被我撕成了碎片。于是苓子的嫉恨淡了;可是她表示着好像她自己毁坏了一件珍贵的东西,仍在惋惜着:

"你看看青子的脸破了。"

她一边说着,一边从地上拾着被我撕开的青子小相片的碎片,在她每次拾起一片的时候,都要检视一下,是青子的某一部分,是眼睛,还是鼻子。

"你看看她的嘴给你撕了两半!"

她拾起两块碎片,向一处配合着给我看;我过来,又抛开了,表示我已经看厌了。她好像替我忧愁了,长叹了一声。

不过,在夜里,她却欢快地睡去了,在睡脸上,还遗着欢快的笑容。可是,我失眠了。

夜深的时候,我听见有人打门,那响亮的声音,仿佛已经说明了事情的严重性。我刚想从床上起来,老厨夫已经比我先出去了,他回来,给我送来一个纸条:

袁倪，请你立刻来你的住所，我有要事商谈。如果你还留恋我们从前的感情，你当允许我这次的约请。

——青子留

这简短的几句，已经占用纸条的一面，另一面还写了几个大字：

切勿迟延。

我去了。可是我去并不是为了她的邀请；而是怀着很大的愤恨，要趁着这次机会寻找报复。

路上很黑，而且密布着日军的检查网，甚至每一步我都要受他们一次检查；幸而我有侦缉队的记章和证书。不然，我也许遭遇了奴隶所要遭遇的侮辱：被解开每个衣扣，在冬夜里，赤露着前胸，经过长久的搜查和诘问，如果不经意说错了话，也许被打了几掌，被踢了几脚，也许指定地点被迫着跪下，跪到他们高兴的时候。

我没有先走回我住的房间；我看青子的窗子亮着，我便去了，可是她不在家，只留小英一人在床上，孤零地守着一盏灯光。他的脸色在灯下更加惨白了，而且不住地嘶叫着，不知他是忍受不了疾病的痛苦，还是需要他母亲的照看。我担心着，他嘶叫着破了喉咙；我给他抖动了几下枕头，仍是没有止住他的嘶叫，并且摇起自己的小拳头，触着脸颊，这好像是他完结生命前，仅有的一刻挣扎了。不知为什么我被他感动，几乎流了眼泪，虽然他不是我的儿子。

睡吧，安静些吧！

睡吧，安静些吧！

我给他哼着，希望他能被我的哼声催眠了。这时候，有一个老太婆抱着小青走过来。她说她是房子主人的仆人，青子出去前嘱咐她暂时照顾一下小青、小英，她用尽了所有的方法，也没能把小英哄睡，又怕惹着小青不安，才抱小青离去房间；然后她又叙述她所知道的小英的病状。她说：

"先生，你看看他究竟是什么病？"

我奇怪她，凝视着她。她也在奇怪我，问我：

"先生，你不是医生吗？"

我否认了。

她有些不好意思，又向我说：

"小英的妈妈说去找医生，怎么医生没有来呢？"

"小英的母亲还没回来呢！"

她有些失措了，问我：

"那么，先生你是谁？"

"我是小英母亲的朋友。"

于是她有些悔着自己说太多不必要的话。过了些时，她又向我谈起一些更不必要的话：关于我的家庭，我的业务……甚至我是否结婚，有无子女。我很讨厌这好说话的老太婆，便回到自己的房间，候着青子。

在一点钟的时间内，我又去找青子两次，她仍没有回来。我想她也许又在排演一幕戏剧，让我担任了剧中的主角？

因为我有了决心要见她一次，又因为长时间的候等，苦恼着我，我便给附近的一个饭馆打了电话，要来两种菜和半斤白酒，我一口几乎饮尽了一半。

炉火刚刚被我燃着，室内仍是侵满了冷气。幸而我在饮酒，身体没有觉到寒冷。不过我的头，渐渐地有些晕沉了，我身边的一切景象，好像都在旋转着，甚至我自己也在旋转中。

门响了，我以为青子来了；在我面前的人，却是那个老太婆，她抱着小青在默语：

"小青的记性真好，她还记得先生你住的这个门。"

我问她做什么来了，她说小青打着她，要她去找母亲。我看小青的脸上还有泪水，我便留下小青，要老太婆自己回去了。

"你找妈妈吗？"

我问小青，她随着我的问话又要哭了。我立刻制止她说：

"不要哭！不要哭！"

她凝视着我，不说话。

"你看我都不哭。"

"我也不哭！"

我用手指在她的脸上揩下一滴泪，给她自己看，我问：

"你才哭了吧？"

"哭啦。"

"不怕羞？这么大的姑娘哭了。"

"妈妈也哭呢！"

"什么时候？"

"今天，她哭了一天！"

我想青子是为了小英的疾病吧？

屋里温暖了，我身上只留了一件衬衣。菜快尽了，白酒还没饮完；这时候青子来了。她的眼睛转动着，不住地搜索着我，好像她有许多话，要向我说出。可是我第一句话说的是：

"你要知道一个独身男人的住所，没有经过允许，女人是不可以随便来的！"

她哭了，夺去我一杯酒饮了。她说：

"你杀了我吧，不必谴责我！"

我随便拣了些前次她骗我的事实做证据，我无情地责骂了她。她容忍了，她说：

"你喝醉了。"

"你才喝醉了。"

"你看看你自己的脸色吧！"

我对着镜面，才知道自己的脸色红了。不过我相信我的神经，还是清醒的。

小青睡了，睡在青子的怀里。青子准备了与我长时间地谈话，她把小青移到我的床上去。然后，她抱我，不允许我再饮酒，余下的酒，完全被她饮尽了。可是她不知道我又偷偷地给饭馆打了电话；役者又送来半斤白酒的时候，她要退还，役者说已经睡了，又被我的电话唤醒了。她想了想，也只有留下了。不过她抱在怀里，不给我饮。我抢夺着，她问我：

"你怎么这样爱酒了呢？"

"那，你让我爱什么？"

于是她把酒分开饮，她一杯，我一杯，一边饮酒，一边开始了我们的谈话。我问：

"今天，你很忧郁吗？"

"不，我从来不忧郁。"

"你也看看你自己的脸色吧！"

"我常常这样。"

"那么，你是常常忧郁？"

"我有什么忧郁呢？"

"你的小英，不是病得很危险吗？"

于是，她特意又跑回家去一次，给小英吃了药。她自己向灯光自语着：

"一个女人生了孩子，就像犯人被判了徒刑一样！"

"你不是很爱你的孩子吗？"

"我生了他，能不爱他吗？"

我说的话，几乎没有一句不是讽刺她。她突然又饮尽了一杯酒，讽刺了我：

"哼，男人总不肯原谅女人；而要女人永远原谅男人！"

我不作声，静听着她的话：

"你不知道，我离开你以后，就随着母亲到很远的乡下耕地去了。那里不通信，你想想我怎么给你写信呢？半年以后——我就有了丈夫。他叫王长英，那时候，他是中学的学生，他待我很好，——"

"所以你忘记了我！"同时我饮尽了一杯酒。

"如果说我承认我忘记了你，那是我欺骗了自己。"

我摔碎了一个酒杯，小青醒了，一刻，又睡熟了。

"你不要生气！"她继续说着，"可是我也不能说我不爱王长英。'九一八'，他是义勇军的重要分子，没有一天不是冒着死亡的危险，这次来到此地，如果不是你收到了那封匿名信，他也早就死了——"

"那么，你感激我吗？"

"感激你！"

"那，为什么你欺骗我？"

"你忘记了你自己是什么职务吗？我为了保全他的生命……"

"为什么保全他的生命，欺骗我，不相信我？"

第二个酒杯，又从我手中碎了。她咬紧牙齿，狠狠地说：

"你不要生气吧，现在他已经死了！"

于是她从衣袋里掏出本日的一份报纸，指给我看国内版的特号字标题：

谋刺黑省警备司令暴露，主犯王长英被捕枪决……

这新闻，我已经在早晨读过了；不过，我没有十分注意。这次读后，却感到些恐怖、悲愤，同时仍有欢快充塞着我的胸中。我对青子却更讽刺地骄傲地问了：

"现在，你又向我剖白做什么？"

"现在我需要向你剖白！"

"你忘记了我是什么职务吗？"

她勇敢地挺起肢体，勇敢地问我：

"你身边有枪吗？"

"有的。"

"好的！"

她说着，随着向我挺出了她的胸脯，那做了母亲的两乳，更大地凸出在我的面前。我问她：

"做什么？"

她默默地指着她的胸脯——指给我要中我的弹粒的地方。我推开她；她却又靠近我。我故意又问她：

"为什么这样靠近我呢？"

"怕你打不准！"

"你不知道我的枪是指哪打哪吗？"

"知道；我要为你更方便些！"

"为什么？"

"因为我们是从前的爱人。"

"那么，为什么你要我打死你？"

"因为，现在我没忘记你是什么职务！"她叫起来了，"因为你要尽你做走狗的责任！

"如果，我要尽我做走狗的责任，你的死期不是在今天，是在我会见你的那天，你明白吗？"

她听了我的话，安静了些。

窗外，渐渐地有了鸡啼声，随着暴风从远处送来，一声一声地可以清晰地听见，明亮的玻璃窗，从窗里可以看见一条月痕，在遥远的空中。

这房间在夜色的围裹中，无形中充塞着苦难的象征，小青孤零地睡在床上，如同一只死了的小狗，被人丢在荒凉的原野上，没人看守，也没人探望，有时候，因为我们高声的谈话，激动她翻转一下身体，或是任意地摔动一下手腕，立刻又安静下来，恢复了她熟睡的姿态。

青子从桌边移开些，避开我。我叫她，要继续我们的谈话。她转向我的时候，她的眼角，流下了两条小河；突然又垂下头去，让泪滴汩汩地落在她的衣襟上，在灯光中，好像落下了晶亮的珠粒。我没有什么话向她说，只有让她默默地哭泣，让自己在静默中，望着窗外月边的几粒小星闪动着，牵动了我渺茫的幻想。

门响了，我们都受了一下小小的惊动，那个老太婆又来了，她用惊人的声调说着，唤着青子回去。仿佛要青子去看看小英，母子二人做最后的一次会面。青子打了一下桌子，默示着她与小英永别前的决心：拒绝这一次多余的探望。我劝慰她，她尽量表露着不满意的神情向我说：

　　"这是加害我一样！"

　　然后她疯狂地笑了，笑声中杂着极大的悲哀：

　　"我的刑期要满了！"

　　小青醒来，张着小手，用哭声添补她断续的泣声中遗下的空隙，仿佛是有节奏的合音，使我从沉默中转向了兴奋。

　　那个老太婆却更阴沉着脸色，等待青子伴随她走出我的房间。

　　炉中的柴火，旺盛地燃烧着，壁炉的小铁门红了，有几处跳动着火星。我坐的地方，离炉比较远些。可是，我的脸面感到涨红了，血流几乎达到了沸点。青子恰是靠近炉边。在她不经意中，她的衣角会触了炉门，好像她却没感受炉火的热力，常常移动椅子，更近些靠近炉边。我要她离远些，那个老太婆高兴了，误认我催促青子走去。

　　"你自己先去吧！"

　　青子说了，那个老太婆失意地去了；临去的时候，她默语着小英的苦命，咒骂着青子，好像青子遗下了最大的罪恶，任谁也不可宽恕的。

　　不知青子怎样地把小青哄睡了，不过她没有离开小青，担心着她离后小青会立刻醒来。

　　我劝慰她止住哭声，应当想到自己的生活，怎样预计。虽然她不是一个孤独者；但是也许比一个孤独者更加痛苦，因为她有小青、小英，也许更累了她。我说：

　　"不管什么事情，我都情愿帮助你！"

　　"是诚意吗？"

　　"可以做我的誓言！"

　　"不是被什么欲望引诱的吗？"

　　"不是的，绝不是的！"

这句话我欺骗了青子，也欺骗了我自己。我不是企图占有青子吗？这不是青子所说的欲望吗？

可是她听了我的这句话，却突然跳到我的身旁，用两手接成了圈套，裹住了我的脖颈，问我：

"你肯原谅我的以往吗？"

我用神情默示着，我接受了她的话。她又说：

"如果你允许我，此后，我便属于你了！"

于是，我更坚决地重说一次我已经说了的话：

"不管什么事情，我都情愿帮助你！"

于是，她给我送来了许多东西：花绸的棉袍，中国式的大氅，绅士惯穿的棉鞋，另外还有黑色的眼镜。我全部收留了，因为她很忙碌，没有时间容许我问她。

我猜想青子送来那些东西，是王长英生前所有的，青子担心他的东西会引起被侦查的线索，特意让我保留着吗？可是青子熟知我的习惯，不爱穿中国式的衣服，她怎么会故意使我厌烦呢？既是作为给我的赠品，也要先取得我的同意，所以我又否认了自己的猜想。

我为了要知道我所猜想不出的原因和探望小英的病状，去找了青子。可是，她不在家，仍是那个老太婆看守着小青与小英。我问过青子回来的时间，她没有确定答复我。然后我便不再问她什么，我怕惹起她不断的谈话缠住了我，不过我停留着，注视着小英，从他的脸色上看来，我绝不相信那个老太婆所形容的那般危险，就是他必定死，他的死期，也要在遥远的时日里。我取这样确定的缘故，是因为他的身体都在温暖着。他的呼吸，有着匀称的节奏，我的手指可以引着他的眼睛缓慢地转动着；所以我想：

"小英有复活的希望。"

然后，我把小青抱起来了，吻了她的脸颊，她也许认作我比那个老太婆是她更近的人，亲热地握住我的手，这像永远不让我从她身边离去。

"你不走吧！"

她更紧些握着我的手，不许我从怀抱中放下她！使我不得不装作童话中的人物，给她讲了一个童话中的故事。结果，我把她放在地上，我却失败了，她张着两手，跳着脚，要我给她找来她的母亲。

我哄着她，我说：

"你听，一个没有母亲的人！"

"'母亲'？"

这两个字在她起了疑问，我立刻又重说：

"你听，一个没有妈妈的人，很好，很好，可以自由，可以随便玩玩，不是吗？"

"不，我怕他！"

她指着小英，我说：

"你不要怕他，他是你的小弟弟。"

"不，我怕他！"

"你怕他什么呢？"

"怕他哭！"

"不怕。他哭的时候，你告诉我！"

我不知道为什么这句话在童心中发生了这样大的效果，她允许我走了。我临走的时候，又加重我的声音，向她重说一次：

"不怕，他哭的时候，你告诉我！"

"记住了！"

这是她在自信力中说出的。

在我回来不久，小青便跑来了。她比画着，述说着小英的哭态，我用种种的方法，让她先去，她跳着，在我面前哭了。我为了她止住哭声，只有陪她去一次。然而，我见了小英的时候，他不哭了；我指给小青说：

"你看看，哭吗？"

她默然了，那个老太婆却替她承认小英哭过了；因为方才是小英吃药的时间，老太婆给他吃过药了，叫了几声。

我相信小英如果不遭受意外的骚动和逼迫，他会安静地处于昏沉中；因为他那沉重的疾病，已经使他没有余力发出哭声；所以我嘱咐那个老太婆慎重地看守着小英，不要使他被任何的声响惊动。

　　"不怕，他哭的时候，你告诉我！"

　　我向小青说着，去了。


　　因为整夜失眠；时间又是午后，我也没有过一刻的休息，身体感到了极度的疲倦，好像我曾被人雇去，做了一天劳苦的短工。

　　有多少问题，摆在我的面前，需要我解决，比如怎样与青子结合，又怎样与苓子离婚……可是我更需要休息。

　　我刚刚在床上躺下；然而小青又跑来了，她见了我，还没有说话，便哭了。不知她受了怎样的惊吓，使她的面部潜伏着极大的恐怖。我用各样的声调，像母亲责问儿子，像法官审问犯人，像长官发出命令，像乞丐向人乞讨……探询她。她几次地张开嘴，要有话向我说；可是她的喉咙被哭声堵塞着，她所有的话完全被堵塞了。

　　过些时候。虽然，她并没止住哭泣；但是她已经哭尽了力量，哭尽了泪水，只抽动着胸脯，颤抖着肢体。我把她抱在怀里，仍在探询她，她只是用手指引着我的眼睛，指着窗外，好像她哭的原因，都在她所指的地方。

　　"你去！"

　　她扯着我的衣领，要扯着我去。我站起了，可是我没有放开步子，我说：

　　"你告诉我，做什么去？"

　　她抖着，又落下一滴泪水，她说：

　　"小英哭了。"

　　"他吃药了吧？"

　　"没！他挨打了！"

　　"是那个老太婆打了她吗？"

"不，妈妈!"

"妈妈? 妈妈回来了吗?"

"回来啦!"

我固然相信童年纯真的心，纯真的话，可是小青这次却动摇了我这种信念。因为我知道任谁的母亲，绝不会在她儿子的病中施用暴力；更是青子，她曾在我面前那样爱护着小英，并且，曾在深夜中为小英邀请医生，购买药品；所以我向小青说：

"你撒谎啦!"

我的话，仿佛冤屈了她，在她童年的脸色上，也透出了严肃的神情，向我分辩着：

"谁? 谁撒谎啦?"

"你，我说的就是你!"

她打了我；我怕再惹起她的哭声，装作我有了过失，而且错怪了她，使她快些走开，我要继续休息。

结果，还是我伴随她，走回她家去。我从窗外便听见了小英暴叫的声音，我进屋后，他的声音震抖了我的耳孔。屋里只有青子一人，我只看见了她的背影，两手握着两条绳头，尽力地向外扯着，好像她打了绳结，担心绳结不太结实，要在最后，做一次紧缩。我唤了她，她没有转向我，只顾自己的工作。我走到她面前的时候，她的眼睛正在仰望着棚顶的一角，并没有因为我而有一丝的转移。而且咬紧牙齿，完全是一个疯人的表情。我只顾注视着她，唤着她的名字，没有被其他任何东西引动我一下。我拍着她的肩，她不动，似乎失去了感觉；然后我沿着她握着的绳子望去，我惊了，那条绳子绕着两圈，勒住了小英的脖颈。

这时候，小英好像在凝视着他母亲的发丝，四肢安然地放在固定的位置上，呼吸渐渐地缩短了，低微了。这时候，已经没有时间容我探询明白我所有的疑问，突然从青子手中夺下了绳子。青子叫了一声，随着我的手倒了。我从小英的脖颈上解下全部的绳子，让他的皮肉间，空空留下两条深陷的绳痕。我看他不平地摇动一下手，然而，我已经没有任何的方法挽救他的希望，只有看他安静地合拢了眼睛，结束了他那短短的一生。

小青任着稚气支配着她，在小英的身边转着，探视着。我推她，是要她离开小英远些，因为我不愿意使她在童年的记忆中，留下了死的印象，她却推着我，她说：

"你去吧！"

我停着。于是她又指着小英向我说：

"他不哭了！"

"他永远不哭了！"

她没有明白我的话，她说：

"他睡了！"

我默认着她的话，她又说：

"妈妈，也睡了！"

青子仿佛是睡了，不动地躺在小英的身旁。不过她的胸脯，不住地被呼吸激动着。我用了极大的声音，才唤醒她。我用两手支撑着她的身体，让她坐起来。她好像没有睡醒，仍在疲倦，仍要继续睡呢。

"青子，你告诉我，你疯了吗？"我问。

她却狂笑了，那种笑脸使我感到恐怖。然后她拍打着手掌，叫着：

"我的刑期满了！"

我摇摆着她的身体，是要她更清醒些听我的话。

"你自由了吗？"

"自由了！至少有了男人同样的自由！"

"可是，青子，你忘记了罪恶！"

"罪恶？谁的罪恶？"

"你的！"

于是她张大眼睛，似狼一样无情，扑着我，好像要立刻吞食了我。她问：

"谁的？"

"不是你的吗？"

她在我的左颊上狠狠地击了一掌，代替给我的回答。我为了她变态的心境，同时我也不敢再问她杀小英的主因。虽然她又向我狂笑了。她的确是快乐了吗？即使快乐在反面，也正有着她更大的悲哀；因此，才引起她自杀的动机，或是意外的悲惨的念头。

我因为在这时候另有约会，要青子休息一下，等我些时候。然后，我又把小青叫到门外，我嘱咐她，要她注意她母亲的动作。同时我更担心着青子任着变态的心境，怕给小青也辟了一条同小英一样的去路——我说：

"你的妈妈，打你的时候，你就找我来。"

"妈妈关了门，扯住我，打我，怎么找你呢？"

"那你就大声叫我！"

"叫你什么？"

"袁先生。"

"你再教我一次。"

"袁先生，袁先生。"

"袁先生……"

她仿佛担心自己记不住，特意在我面前读了几次，并且要我听着她是否说错了字音。


在屋里，我一方面等候着约定的友人，一方面我的心，不安地跳着，想着青子为什么失去了她的热情，更失去了她那纯洁的灵魂？所余的只是勇敢，聪明，又加多了暴徒一样的残酷。也许因为她遭遇不幸，改变了性情？

在我与友人约定的时间前，我就听见小青叫起来：

"袁先生，袁先生！"

可是又发生了什么不幸呢？这时候，我所想象的、记忆的影子，完全消散了。在我全部知觉中，只能感到小青的呼声：

"袁先生，袁先生！"

也许我经过了一刻的清醒呢？才辨出小青的呼声是在我的窗外，在院场中。我跑出门去的时候，更知道是邻家的孩子，举起拳头，隔断着她的去路。

"做什么？"我问她。

她没说话，只是用手唤着我。我又问：

"妈妈做什么呢？"

"躺着呢！"

"打你啦吗？"

"没有。"

"那你叫'袁先生''袁先生'做什么？"

她指着邻家的孩子，意思是说她也有着苦衷。然后我说：

"你要上哪去呢？"

"找你！"

"找我做什么？"

"妈妈找你！"

我去了。

青子屋里的全部东西，好像都经过她翻动了，乱了。不过，在墙角边放着两个整齐的皮包和一个小的手篮，好像为一个旅人所准备的。

青子从床上下来了，她尽量地镇定着自己的精神，勉强恢复了她的常态。她合拢着眼睛，深深地吻了小英的脸颊；然后，她用被子裹起他，裹成了一个长的包裹。并且在床上换了一条白色的被单，给小英做了墓地。

"你忘记没有你的誓言？"

她突然地问了我，使我感到了几分的迷惘，我问：

"你这是什么意思呢？"

"我问你，你没有忘记你的誓言？"

"我不会忘记，青子，我永远不会忘记！"

"你再重说一次给我听。"

她好像在考试一个投考的小学生；我也只有以小学生的身份回答她说：

"不管什么事情，我都情愿帮助你！"

她把头转向另一个方向，嘴角故意向上抽动一下，有些责怨地说：

"哼！你的誓言，说过了几天？你记得吗？"

"记得，是在昨夜！"

"是的，昨夜。在明天，你也许失去你的誓言了吧？"

"为什么你要这样说呢？青子。"

"因为我才听你的话，已经有些不坚决了！不是的吗？也许你自己听不出来吧？"

于是我用严肃而坚决的声调说：

"不管什么事情，我都情愿帮助你！"

"你听我的话吗？"

"听的！"

"那么，今晚你随我上火车吧！"

这突来的话，使我更加有些迷惘了。我抑制自己不安的情绪，安静地问她：

"去什么地方？"

"黑龙江。"

"在黑龙江什么地方？"

"自然有地方！"

"我不可以知道是什么地方吗？"

"买票的时候，你就可以知道了。"

我没有追问她，更没有探询她究竟是什么原因。现在我只有听她的话，任她怎样支配我。如果她是神经失常，也不妨让她施展一下她所有的想念，也许会因此渐渐地恢复了常态；不然，我逆着她的想念，我也许会使她变作疯人。如果她确是有理性的动机，我为了她，也要忍受一切的苦衷，因为她是我的爱人。

我们约定了登车的时间以后，我走了。


我向房子的主人，辞退了我住的房间；把我的东西，又送回家去。

在马车上，我怕迟误登车的时间，要车夫鞭打着马。但是到家的时候，我把送回的东西交给了老厨夫，我却悄悄地留在客厅里。因为我听见了老厨夫告诉我：母亲独自看戏去了；又听见了苓子在母亲的屋里哭泣着，低语着，那哭声和语声混合在一起，恰是哀祷的调子。我用眼色告诉了老厨夫放轻脚步，不让他骚乱了一丝的安静。我悄悄地移近母亲的门旁，从锁孔中投入了视线。我只看见她的一半脸面，她的不完整的胸脯；此外，被锁孔的周边完全隔断了。她没有一丝的转动，停在窗边，仰着脸，好像在痴望着谁家的房脊，紧皱着眉，闭紧了嘴唇，连续的泪水，已经湿透了她胸前的一块小小的衣布，她那愁苦的神情，会把一个快乐的人引入悲哀的深渊；所以我也不敢直视她，终于让耳孔代替了眼睛占有的位置。我安静着，静听着她的话声：

"……我的话，可以向谁说？哼，只有袁倪，他又是那样地好闹脾气，我从来所不能忍受的，在他面前我都忍受了。可是，他总不原谅我，真痛苦呢！哼，为什么我只是爱他，别人都是我所不爱的呢？他不也是人类中的一个人吗？我自己也不知道，究竟为什么。不管他怎样待我，我都不肯离开他。不怪朋友说：她要永远爱他一个人了！是的，我要永远爱他一个人了。我相信我的热诚会征服他。他会有一天悔恨他自己。不过，他要走了，祝福他平安——平安地去，平安地回来。即使我们别后的会期，是在老年，我也要为他等到老年……"

时间不容我再多迟延一刻，我便推开母亲的门进去了。她受了一下惊动，然后她扑住我，笑了。我要她为我整理好了的东西，拿给我。她慌了，好像没有她停脚的地方，不住地踱起来。我催促她，她才把我要的东西拿给我，问我：

"你要走了吗？"

"是的。"

"今晚吗？"

"是的。"

"你没有告诉母亲呢！"

"你替我告诉吧！"

"我怎样告诉呢？……说你从军去吗？"

"是的。你再告诉她放心好了！"

"你也放心吧，我会很好地待她，也许比待你更好！"

然后我又说许多话安慰她。她吻了我，她说：

"你去吧，因为你是从军去的，你是为祖国去的，这种离别，我很坦然，你不信吗？你还看不出来我的脸色吗？真的！我很坦然，你去吧，只要你去后不忘记我！"

"是的，我永远不忘记你！"

她从衣袋里掏出一束钞票，强迫我的手握住。我看她那更加凸出的大肚子，预想她不久将有一次灾难到临，我不忍接受她赠送的钞票。于是我又伸出手，伸入她的衣袋里，她激愤地推脱我的手。突然，她衣袋的一边，被撕开了一条长长的裂缝。我也许是怕这种无意的纠缠吧？把钞票放入自己的衣袋里。

最后她问了我登车的时间，她另换了一件不常穿的新鲜的衣服，脸上涂了些胭脂，她要为我送行。这时候，我也有些慌了。不得不劝阻她的好意。但是，她仍坚持着自己的主张：

"我一定要去送你，我才安心！"

然而终于被我阻止了。

我在匆忙中，在友人的家里，解决两件必要解决的事情：写了两封信，一信给侦缉队总队长，请了短期假日，一信给苓子，说明我必定离婚的意见。

在车站的时候，我把两封信投入了信筒。

终年没有休息的车站，终年在骚扰中，孩子的哭声，车夫的叫喊，小贩的卖声，甚至奔走中的脚步声……天天是一样，天天没有停过一刻。尤其是哈尔滨的车站，集中着哈满、哈绥、哈长三条支线的路轨，也许更加疲倦了。车头的笛声，已经使人听厌了；铁轨没有一时不在铁轮的轮转下发出更厌人的声响。候车室内，除去头等、二等还可经常保持着洁净外，三等、四等已经失去了清爽的空间，烟气飞腾，烟蒂满地。任着车站的役者怎样地重视自己的职责，也只能在清早有过一刻的洁净。然而，自从日军侵入我们的土地以后，贫苦的难民，都在这意外的动乱中逃难，整天拥塞在候车室，争购车票；整天有许多人们，没有购得车票，在候车室留宿。一方面，也因为自己没有在旅店的宿资，所以每个角落都做了他们的宿地，人与人混杂着，蹲缩着，蜷曲着，有的已经失去了人形。青子就是领着小青在他们那些人丛间踱着，沉思着。

虽然离卖票的时间还有好久，但是在三等卖票处前，已经拥满了买票的人们，被维持秩序的路警排成很长一列，仿佛是一条被绞成的钢绳，没有一丝的余处，让后来者挤入，只有在尾巴的地方，继续地排列起来。然而我与青子都散在那排列的外面，因为我们知道所有的票数，最多不过是那排列中的人数的半数。

"明天早些来吧，你的意思呢？"

我问青子。她想了想，坚决地说：

"一定要今天走！"

于是，我们便发生了困难的问题，而且我们谁也没有解决的力量，除非与售票员有特殊的关系，才有办法。然而，我们与车站的任何路员，也没有一人是我们的相识者；所以我仍是商议她说：

"明天吧！"

她更坚决地回答我说：

"今天，今天！"

我看她那坚决的神情，是有重大的事件迫着她；我却不知道那件事的内容。

"坐二等车吧？"

我知道二等车的乘客，是比较少些，也许容易买车票，她却说："那太费钱了！"

"青子，你告诉我，我们究竟要去什么地方？"

"昂昂溪。"

从哈尔滨到昂昂溪的一段旅途，所需的时间与旅费，我很熟知；所以我说：

"还是坐二等车吧！"

"钱不够，而且我们也不是什么贵族！"

"青子，少说些吧；我有钱呢。"

她终于不肯接受我的意见。突然我记起了一样很好的办法——从前为了侦缉犯人，在必要的时候，常常随着犯人走出很远的旅途。于是，我给一个路警的警官掏出了我的侦缉队的记章和证书，意思是说我不是平常的旅人，而是有公事的责任者，应当享受铁路优待的权利。并且侦缉队的人员，不知为什么常常被人卑视，被人厌烦，甚至被人遗弃，不愿意相识，也不愿意发生平常的友情，好像是垃圾箱里的垃圾物，早已被人丢弃。所以，那个警官平淡地给我介绍一个路警，买了两张昂昂溪的三等车票。

一列长长的车辆，在夜色中，已经燃起了灯火。乘客的影子，错乱地堵塞着车门。我与青子、小青，在那样拥挤中，挤入车里，幸而我们还占有了两个座位，小青留在青子的怀中。

乘客的喊叫与紧张的情绪，每个人都像在逃脱着死亡的境地。只有我与青子安静，默默地相望，没有说一句话。小青呢，依着车窗，用手指融化着车窗的霜花，描绘不成形象的景物，诱着我们，注意地鉴赏着。

站台的铃声响了，在说明已经是开车的时间了。然而，因为日本宪兵检查旅客没有终止，又强迫站长延长了时间。

有许多乘客被宪兵推下车去，被捕了；有的，他们也许不知道他们被捕的原因，茫然地遭了留难。

乘客在被检查前，都惊惶了，仿佛在等待着一次临头的大难。有的母亲怕听自己孩子的哭声，怕惹起了宪兵的愤怒，特意用手帕给孩子堵塞了嘴。同时，我也不安了，并不是担心着自己，而是怕青子因为王长英的案件受了连累。可是青子却镇静，没有一丝的惊色。不过我为了她的安全，要她与我移换座位，因为我的座位在车角边，灯色模糊，不容易分辨脸色。她却拒绝了，而且在斥责我：

"我没见过像你这样胆小的人！"

这种口气，是卑视我，抬高她自己，表示着一个勇敢者所应有的勇敢。

"人家如果问我们是什么关系呢？"我又低声地问她。

她思索着——好像我问的话在她也认为是有着相当的理由。

日本的宪兵，已经走入我们坐的车内，开始搜索着乘客的行囊和每个衣袋，诘问着每人的职业、去处和一些不必要的话；渐渐地走近我们。我为青子的镇静，却使自己更加不安了，急促地问她：

"兄妹？"

她注视一下小青，然后说：

"不，夫妇！"

"我们做什么去呢？"

"我回娘家。"

"我呢？"

她把手摔在自己的腿上，默示着我最后问她的话，没有一丝的必要性。不过我仍追问她：

"你叫我说什么呢？"

"你就说，你送我去！这不是很自然的吗？"

检查刚刚临着我们的时候，所有的宪兵，已经被他们的长官命令下车了；然后车轮便开始了转动。

车上的乘客，都自动地揭开了车窗，集拢在窗边，不怕冷风吹打，探出头去，仿佛在留恋着自己的故乡和送别的亲友，有的默然地流了眼泪，有的疯狂地摇着手。青子抱着小青在呆呆地沉思着什么。因为窗边没有给我留下一条缝隙，让我投出视线；我便离开自己的座位，走向车门去了。虽然，我知道站台上所有的人，没有一人是为送我来的；但是我要看看灯下的人影，房屋，日军刺刀反映着的光亮和天上的星，孤零的月，飞向远方去了的白雪；并且我要尝尝夜风是怎样的寒冷，送别的哭声是怎样的响亮，日军怎样唱着胜利的歌子，怎样虐待着被他们征服了的奴隶……我要集中这一切在我的记忆中永远不灭的画图。谁曾想到呢？我的眼睛突然触着一个人的脸面：披着长发，流着眼泪，拖着临产前的大肚子，沿着站台的边缘，追逐火车，一边检视着每个乘客的面影，一边在狂叫着：

"袁倪，我有话说……袁倪……"

这是苓子，是我已婚的女人，我看清她，她却没认出我来，因为她在明亮的灯光下，我却在车门里边，一层模糊的夜色围裹了我。

车远了，也留她在远处，放着缓慢的步子，拍打着自己的胸脯，仿佛在咒骂着这万恶的黑暗的夜色。


昂昂溪距离齐齐哈尔中间还有一段旅途，铺了轻便的铁轨，通过着小型的火车，好像普通的电车一样，狭小的车轮，狭小的门窗；最狭小的是乘客的座位，在车壁的四边，绕着一周木板，使乘客在拥挤中只坐下一半臀部，上边有几处悬起木条，让乘客安放东西的地方，仅有的两盏小煤油灯，暗淡的灯光，仿佛是在遥远天边的两粒星星，仿佛是庙宇所有的阴森，使人在神秘与恐怖的色调中，记起、羡慕那古老的明亮的火把。仅有的小火炉，任是怎样地加多煤块，怎样地燃红炉铁，也抵不住从车缝间冲入的冷风；所以，小青藏在她母亲的大衣里不敢扬起头来，我的两脚，已经冻僵了，失去了知觉，好像不是属于我的肢体，已经从我膝骨下离去，甚至我全部的血流，已经凝结了冰流，只是冰冷，痒痛。这般的痛苦，在冰冷的土地上还是我第一次尝试，使我不能不承认我所在的地方是寒带。假如是北冰洋，我想也不过如此的寒冷，这次使我不敢否认寒冷的暴力和冻掉了耳朵、胳膊，冻死了行人的消息。

列车进行的速度，已经足够迟缓，像我童年坐在牛车里一样；然而渐渐地更加迟缓下来，终于停住了，汽笛不住地鸣叫起来，那细微的声音，如同儿童在野地上游戏，吹着小小的铁笛。每个车门都开了，然后乘客才知道路轨上被暴风卷来的积雪阻隔了，积成了一条白色的雪岭，几乎高过了车头。

有一个提灯的人来了，他穿着破旧的衣服，长长的毡靴，如同岔道夫一样，只有从他那红黑色的制帽上的一条金线，可以被人认出他是这列车的车队长。他要求乘客集中些人力援助车头，推送车辆，冲过那处难关。不然，用任何的方法，都要迟误更多的时间。有许多乘客抱怨着，反对他的主张。虽然也有许多乘客同意他的主张，但是，仍都留在车内观望着别人。这时候，青子把小青从怀里推开，自己跳起来：

"我同意车队长的主张！还有谁同意？随我来！"

她并没有同我商议，便独自跳下车去。小青在阴森的灯色中孤独了，惊恐了，哭了。

一般男人卑视女人的心理，竟被她动摇了，感动了，随她取了一致的行动；所以，不久列车又继续着未尽的旅途驶行了。在她刚刚走上车的时候，她吸取着所有乘客的视线，仿佛她整幅的身影，没有一处不蕴藏着诱惑力，被人做了谈话的资料。而且有两个年轻的姑娘为了靠近她，一方面又好像借着她的光荣，向男人逞着骄傲。

青子很冷待她们，在她们问话之外，不愿意多说一句。不过，她们两人只有一人好守着沉默，另外一人却是那样多嘴的姑娘，她赞扬了青子之后，又问起青子一些不必要的琐事来，她很兴趣地指着我在问青子：

"他是谁呢？"

青子装作看护小青，没有回答她。可是她又指着小青问：

"这是你的孩子吗？"

"是的。"

"只有这一个吗？"

"是的。"

"他是谁呢？"

她的手指，又转向我了。青子有些不耐烦地说：

"我的丈夫！"

"啊……"

她掩着嘴唇，笑了一声，然后，偷偷地注视着我，好像要从我脸上查清美好和丑恶。因为我扬起头来，她有些不好意思了，随手抱去了小青问：

"你的妈妈呢？"

小青指了指青子。

"你的爸爸呢？"

小青仰着头：在记忆中搜索着回答。

"那呢！"

她故意在小青面前逞着聪明，指了我一下。然而小青却摇摆着自己的头，否认她的话说：

"不，不——"

"那呢，你的爸爸！"

"不，他是袁先生！"

我感受了一阵极度的不快，感受了血流加高了热度。不过，青子却安然地说：

"我的丈夫在外面几年的工夫，孩子也不认识他了，孩子听人家叫他袁先生，她也常常叫他袁先生，真是有趣！小青你再叫他袁先生，袁先生！"

"袁先生，袁先生！"

小青放高声音叫着我，扑着我。我立刻把她抱过来，担心她任着童年的纯真，揭开了我与青子中间的破绽。

然而那个多嘴的姑娘，为了讨青子的欢心，却使用种种的方法，引诱着小青。

"你来吧，和我玩！"

小青不怕陌生人是她的个性，任谁都可以打动她的童心，像在她的母亲面前一样。同时她要施展着个性，任谁也不能制止她；所以我又把她交给了那个多嘴的姑娘。

"你叫小青吗？"

那个多嘴的姑娘听我叫过小青的名字，她也故意无聊地问了小青，小青承认，点着头说：

"是，是！"

"不是啊！真不是啊！"

"是，谁说不是？"

"我说不是；该叫你袁小姐。"

小青不明白她的话，迷茫地问：

"什么袁小姐？"

"就是袁小青，你明白吗？"

"不，王小青！"

"你姓袁，为什么叫王小青呢？"

"我姓王，我姓王！"

幸是青子立刻改正地说：

"我姓王，她随我姓！"

然后她又说：

"小青要睡了，来吧！"

在无意中认识的那个多嘴的姑娘，使我与青子都感到了极度的不便，甚至给了我与青子很好的教训，应当向那个多嘴的姑娘表示最大的谢意。

齐齐哈尔是大的城市，曾是"九一八"不抵抗主义声中抵抗过日军的根据地。虽然，当地的驻军，终于失败了，退出了；但是，给中国留下了一页光荣的历史，给我留下了永远不灭的记忆。

当我与青子、小青走下小型火车的时候，我被齐齐哈尔的灯火燃起了那些记忆。并且在马车上，青子给我讲了许多中国抗战的故事。我不时地从马车里探出头去，企图探望一下这齐齐哈尔在抗战中所遭的伤痕与残缺，可惜被沉黑的夜色完全遮没，如同无人凭吊的古老的墓场，只是一片凄凉。我在默默中感受着那凄凉的滋味。

幸而旅馆的主人笑着脸，殷勤地招待我们，使我的心，由凄凉有些转向了温暖。虽然，我知道他完全是一个拜金者的变态所有的神情。他没等我们说话，便指定一个役者领我们去看房间，他问我们：

"你们二位是什么关系？"他好像是负疚似的又说，"我的意思是说你们二位是夫妻呢，还是朋友，亲戚？如果是朋友、亲戚，是要找两个房间的；如果是夫妻呢，自然一个房间就够了。"

"夫妻。"

我与青子几乎同时回答了他同样的话。

然后，我们在许多房间中，择出一间，宿资低价的，而且方便，屋门恰好靠近楼梯。屋内有椅子，有桌子……还有宽大的铁床，没有一处，不使我们满意。

然而我们写好店簿临睡的时候，我却感到了些碍难。除去小青之外，我们还有两个人：我与青子，仅有的一张床铺，究竟属于谁呢？青子让我睡在床上，她伴着小青睡在地上；可是，我不同意。我们踌躇着，徘徊着，我们为什么不可以同睡一张床铺呢？我们不是已经结合的一对爱人吗？即使我没有任何的表示，她也不应当处于无言语、无动作的静默中。我为了激动她的心，给她做了种种的暗示。她愤恨了，潜伏着骂意地说：

"我最讨厌的，是男人的无耻的欲望——认识一个女人，便想占有一个女人。可是，袁倪，我不希望你也是那样的男人!"

于是，我要她伴着小青睡在床上，我睡在地上。第二夜，我们仍是这样分配着睡眠的地位。在临睡前，青子让小青坐着，望着我，她问:

"他是谁?"

"袁先生!"

"不是!"

"是嘛，他是袁先生!"

"我叫他袁先生!"

"我也叫他袁先生!"

"不，你叫他爸爸!"

"爸爸?"

"是，爸爸。"

"不是;爸爸走了，在哈尔滨就走了。"

"那是你的爸爸，这也是你的爸爸!"

小青信任她母亲的话，随着向我叫了几声:

"爸爸，爸爸!"

这时候，我感受了一种难言的欢快，也许正是王长英一种难言的悲哀吧?

然而我与青子睡眠的地方，仍是分开，她在床上，我在地上，总是隔着一段不可突破的距离，隔绝着我一种最大的欲望。我翻转着身子，失去了睡意。

"为什么她要小青叫我爸爸呢?"

我在猜想着这原因。

因为旅途中的疲劳，终于睡了。可是，因为役者打门的声音又把我唤醒，我在蒙眬中，没有听清楚他告诉我的话，我们在躺着，问着青子究竟是什么缘故。她只是匆忙地说:

"快起来，快起来!"

然后她又匆忙地跳下床来，把我的被褥，完全移向床上去，让地上不留我一丝睡眠的痕迹。

究竟有什么意外发生了呢？她上床后，又叫我也上床去。我急促地问她：

"这是什么事情呢？"

"小声些！"

她命令我，而且握住了我一只手腕，她用力地把我扯上床去；熟睡的小青被她的动作惊醒了，哭了，她一边用方法制止着小青的哭声，一边指着我在问小青：

"你看看，他是谁？"

"袁先生！"小青立刻继续地说，"是爸爸！"

"对啦，是爸爸！"

她说着，好像在赞美着小青的聪明和记忆。不过，我却向她投着奇异的视线。

"你为什么这样看我？"

她问我；我气愤了：

"你告诉我，这是什么事情呢？"

她把嘴唇尽量地送近我的脸旁仿佛是要吻我的耳边，低声地说："检查！"

被日本宪兵检查以后，我完全明白了青子为什么要我移到床上，为什么要小青叫我父亲；所以，我又自动地把我的被褥送下床去。她却制止着我，要我睡在床上，然后，她让小青在我们中间，仍断开一条距离。

灯光明亮着，屋内的每个角落，也如同白昼一样，墙上的花纹，我可以看清楚那精细的图案，是古典的画壁。

小青睡了，我们还在醒着；任我怎样使用催眠的方法，我也没有一丝的睡意——青子也是一样吧？我们相距不过一尺远，两人的视线常常接触着，合拢了一条立刻又各自分开，各自随便投向什么地方：白色的窗幔，门边的铁锁……我们谁也没有话说，从我们门前走过的人们会想起我们是睡了，他们不会知道我们可以听清他们的脚步声和高声的谈话。旅店里的一切骚扰的声音，在我耳边，几乎完全没有遗漏。我失眠了，我悔我没有备好安眠药片，如果我有，我要尽量地多吃，即使我因为多吃死了，也绝不愿意再维持着只是名义的夫妻关系，因为我忍受不了这骚扰和痛苦。

因此，我向青子表示有离去她的意思。她在话里，有着斥责的意味说：

"你到底忘记了自己的誓言！"

我受不了她这无辜的斥责，从床上坐起来，握紧着两个拳头互击着问她：

"是谁忘记了自己的誓言？"

"是你，是你！"

我否认她的话，立刻坚决地说："不管什么事情，我都情愿帮助你！"

"你听我的话吗？"

"听的！"

"那么，你睡吧！"

这种不舒快的睡眠，一直经过了两夜。白天里，没有一些精神支撑着疲倦已久的肢体，而且青子常常走出旅店，留我看守着小青，她好像故意难为我，使我更加疲倦。有时候，我探询她外出的原因，她不肯向我说明，仿佛她的事情都有着一种秘密性。最后，我也不愿意用话换取她的沉默。不过，我注意她的神情，以及她从外面带来的一切东西。有一次又在她外出的时候，突然，我从一个小包裹里检出了两支手枪和几十粒子弹，我并没有问她枪支与弹粒的用处，可是她发觉了。当时，我很奇怪，她怎么知道解过她的小包裹呢？后来我才知道，她在那小包裹打的结扣，是有特殊的样式的。我为了不安的情绪，立刻问她手枪与弹粒的来处与用处。她说：

"我总要告诉你，可是现在你不要问。"

于是，我更加不安了。

为了追求青子的欲望和尊重自己从前的誓言，不敢有一丝的悔意，我要在她面前忍受着一切。

那天，是我在齐齐哈尔的第五天了吧？

青子从怀里放下小青，握住我的手腕。她默然着，她的眼里流动着一层浅浅的泪水，她那勇敢、聪明、热情，她那纯洁的灵魂，完全浸在泪水里，别了我几年的神情，又出现我的眼前。然而，她却比从前多了一种狡猾，使用种种的方法测验我是否遵守誓言。

"不管什么事情，我都情愿帮助你！"

我连续地说了几次，表示让她相信我。可是她像孩子一样地戏弄我：

"你再说一次给我听！"

"不管什么事情，我都情愿帮助你！"

"你听我的话吗？"

"听的！"

"那么你帮助我杀一个人！"

这突来的话，使我迷茫了，我的手脚失去了适当停放的位置。

她拖起我的一只手，放在自己的肩上；然后又握住我的另只手，她问：

"袁倪，你为什么发抖呢？"

我不相信自己胆小，我曾有过一些勇敢的故事，便是保证，而且我相信自己的勇敢——肯用生命去做任何冒险的举动。我发抖，是为了恨她。她好像是一个导演，不仅不给我剧本，而且不给我说明剧情，只是在临演出前，派定我一个悲剧中的角色，让我演最后的一幕；不管任何的演员，谁能担任我这样的一个角色呢？所以，我用严厉的言语拒绝了她。

然而，她转换了一种无情的脸色，怒张着眼睛，咬紧着牙齿，缩短些眉间的距离，加多了几条短短的皱纹，如同一头凶狠的野兽，要施展所有的暴力威胁我，征服我。

小青为了她那可怕的脸色哭了，张着两手扑着她，要她抱起来。她被小青骚扰而厌烦了，突然打了小青一掌，把小青从床边打落地上。小青被惊得哑了喉咙，仅有些哼声，表示她还有着气息，我把她抱起来又送到床上，唤着她。她好像从梦中醒来了，又放开更大的声音哭了。青子向着手掌，威吓她闭起嘴来！

"我看你再哭——"

小青为了要我掩护她，不住地向我叫着：

"爸爸，爸爸！"

她被我哄着，终于渐渐地安静了。

可是，青子却暴躁地表示了与我绝交的决心。她说：

"你走开！"

她要把我从房间里驱逐出去，然后她又说：

"不然，就是我走开！

她没有走，我也没有走，我们两人默然地相望。我想走近她的身边，握握她的手，说一句我们永别的赠言：

"青子，现在你真是一个暴徒了，我走了，青子！"

然而，我想想她的不幸——王长英与小英的死亡，也分享了她的一些悲哀；所以，我尽量地抑制着自己的感情，很和气地向她说：

"你不该这样待我，青子。"

她仿佛要在我面前示威，不住地用手掌在桌上打着响声，怀着很大的仇恨说：

"我不该这样待你？我该怎样待你呢？哼，一个忘记了誓言的人，是应当死在我手里的。"

"那么，你杀我吧！"

"我不如杀一个小鸡！"

我的确容忍不了她那无情的讽刺，故意给她提出反证，不过，我仍是和平地说：

"你忘记了吗？你曾对我说过'此后，我便属于你了'的话吗？"

"我没忘记!"

"那么,你现在叫我走开?"

"如果你不忘记你的誓言;此后,我自然是属于你了!"

为了追求青子的欲望和尊重自己从前的誓言,不敢有一丝的悔意,我允许了她的要求。

于是她狂笑了;在笑中,有着她意外的欢快。然后她吻住了我一面的脸颊,许久,不肯放开我,好像要从我脸上吻下一块肉,才是终了。这种爱情究竟给我一些什么感觉?是欢快呢?是痛苦呢?我自己也不知道,只是垂直着两手,任她吻着我;因为我的思想充满了杀人的情景。

"我并不是不告诉:如果我早告诉你,只是怕你心慌,你现在该明白了吧?"

然后她又说出要杀的人是黑龙江省的警备司令。杀他之后,可以引起当地的动乱,可以由一部分的兵士占领已经失去的齐齐哈尔,可以集中四处的义勇军,做我们收复失地的先锋。

我知道了这是暗杀,不过她没有给我讲暗杀的方式,只是指定了暗杀的时间:

"在明天晚上,八点二十五分钟。"

随着她给我一支手枪,让我检视了它的每一细小部分。并且要我找出来她留给我的眼镜,中国式的大衣……完全配置在我的身上,化装一个绅士。她从我身边转着,在看我是否有绅士的风度,她说:

"你走两步给我看看!"

我走起来的时候,小青都笑了。青子却冷静地注视着我。有时候,给我整理一下不称身的衣袖,有时候她在校正我的姿势,她说:

"你的步子轻些落地!"

或是:

"把头再仰起些,望着我;手的动作要更自然些,噢,对啦,是这样,是这样,对啦,还是我的袁倪,不是别人所能比的!"

最后,我又换了自己的衣服,随她去认识认识警备司令的住宅附近的地方。

我没有多余的心情探望风景；虽然这是我陌生的地方，诱我注视。我只是随伴青子走过繁华的僻静的街道，领我在一所红色的砖房的四边绕了几周，给我讲着附近的几条街道；转向什么地方，贯通什么地方；某条是安静的，某条是骚乱的，某条是有着最多戒备的岗位。她低声地向我说：

"你要选择一条路，在必要时，好做你的逃路！"

因为我不熟识的关系，还是她给我选了通至西首兵营的一条街路，她说：

"这是最好最方便的一条路！"她指了指那兵营的远影又说，"那就是我们反正的兵士的举事的地方，你从这一直往那跑就可以，你要记着！"

她又领我到西首的兵营，把兵营所有的门口都指给我了，并且告诉我一句进门的口号，证实是我，而不是另外的任何人。

"你记住！"

她指着沿路的一些特征：几株老树，两列低小的泥房和一片宽大的旷场。她的意思，是要领我重走一次。不过，小青累着她，不住地向她喊着：

"妈妈，我饿了！"

于是，青子不得不随着小青走回旅店。在她给小青吃饭的时候，她自语着：

"幸是小英死了，不然也会被他累死我。"

我听着，故意向她开着玩笑：

"那么，你还为什么留着小青呢？"

"因为有小孩，我们走路，可以方便些。不然，我也要她随着小英一路去了。"

"可是，明天晚上谁照顾她呢？"

"把她送到友人家去！"

不久，她便吻着小青，抱着小青走了。回来的时候，只有她一人了。

　　夜来了。

　　夜又来了——八点二十五分钟前一小时的时候。天庭下开始飞起了雪花，一片一片地落下来，在暗淡的月光中，仿佛是白色的花瓣，仿佛是落满着秋霜残败的老叶，被暴风摘取着，给大地送来，经过短短的一刻，大地便被饰成了银白的世界。

　　青子出去了，几乎是整天没有回来；同时，我也几乎整天没有离过旅店，只是沿着房间的四壁踱着，感到了生来从不曾感受的心情，不仅记忆着过去，而且在幻想着将来，这一切都在激动我的热情，使我更加留意。最怕的是壁钟，我不时地注视它，我的心随着它在摆动，它很有节奏，移向八点二十五分去；我却心绪烦乱，好像渐渐地走近了死亡的境地，最大的恐怖包围了我。不久，青子回来了，她身后随来一个青年军官。

　　"袁倪，你镇静些！"

　　她望着我说了，随着把我介绍给那个青年军官，握了手。他赞扬着我说：

　　"勇敢的朋友，听说你放枪最准，我们这次全靠你了！"

　　他说完便走了；他来是为认识我的脸面，准备在我的逃路上迎接我。我与青子又谈了许多必要的话，最必要的是她说明了暗杀的方式：

　　"八点半钟是警备司令赴约的时间，我们可以在他的门前堵住他，不容他说话，我们就开枪。"

　　"那么，你不必去了！"

　　"不，有女人走路方便些！"

　　并且，她交给我几页冒名的名片，防备街上日军的检查。不过，我们雇乘的汽车，在街上并没有被日军留难，还余几分空闲的时间，我们要车夫又多绕了几条街道。我们近了警备司令住的那红色的砖房的时候，恰好是八点二十五分的时间。

院内有一辆汽车开出了，刚刚开出红色砖房的院门，便与我们的汽车相遇了，我第一枪先打中了那汽车的车夫，车立刻停了，可是我们乘的汽车却没有停住，青子用枪威胁着车夫。车停住的时候，已经多走了一丈多远的地方。我看见有两个卫兵从那车里拖出一个高贵的老年人，一面逃脱着，一面还击着，只是一刻的工夫他们都中了我的枪弹，可是我的左腿也受了他们的弹伤，距离我所乘的汽车只有十几步远，我便没有了走上汽车的力量。

这时候，西首兵营反正的兵士，已经发动了，响了密连的枪声，同时日军也出动了，一边防堵着他们，一边搜捕着我们，渐渐地有弹粒近了我的身边。

"青子。你自己快逃吧！"我喊着。

然而，她却逼迫车夫把我拖上了汽车。在我们汽车冲进那旷场的时候，证明我们的汽车难于逃脱了，前后都有日军截断了我们的去路。

青子命令车夫停住了车轮，她跳下车去，拍了我胸脯一下：

"袁倪，我逃了！"

我听了她的话，立刻握住了她的衣襟：

"我呢？"

她没等我说完，也没踌躇，便向我的头部放了一弹；然后她踏着雪路，冲着雪花，在雪天下去了。

她去后，我对她没有一丝的仇恨，所抱怨她的是她赠送我的一粒弹，没有打中我致命的地方，只是在我左耳上留下一个小小的弹孔；所以我终于被捕了。


几天后。

每处都在传说着我所造成的一个故事：袁倪是一个凶犯，他的母亲病了，苓子被他提出的离婚意见逼迫着，在临产前自杀了，青子随着反正的兵士，已经逃入了山林。

从此，我们又断绝了一切的消息。

# 第六章　转变后的舒群创作

1942年的延安整风运动及"抢救运动"在舒群的人生及其创作史上至关重要，在1942、1943这两年里，舒群经历了人生中最关键的转变，转变首先是作家文化人格、文化心态的转变，更在于随之而来的创作转变，或者，更严格地说，应该是创作衰退。而且，这样的衰退是永久性的，自此以后，直至舒群去世前，他的创作都没能恢复从前的水平。公允地说，改造以后，舒群的创作基本是大失水准的，余论仅就这些不成功的作品做简单的梳理。

## 第一节　改造前后

其实，自1940年舒群来到延安，直至整风运动前，他的创作转变已经初现端倪。

首先，舒群的创作数量大幅减少。一方面是因为舒群此时担任了部分行政职务，如鲁迅艺术学院文学系教员、《解放日报·综合版》主编，又参与了《白毛女》等剧作的编排和组织领导工作，时间与精力被分散。更重要的原因是，舒群自己此时想必已经发现，从前的创作方式和写作风格已经根本不能适应延安的文化环境，因此，他断然不能再延续以前的创作模式。中止了自己惯有的创作风格后，短时间内又还没有找到新的创作方向，舒群的创作数量当然会急剧减少。

其次，创作立场已经开始悄然转变。这短时间内，舒群开始零星地发表一些能够适应新环境的作品，如《快乐的人》《大角色》等少数作品。《快乐的人》和《大角色》是以延安知识分子为主要人物的小说。在这两篇小说中，舒群一改从前对于知识分子同情、哀悯的态度，反倒对延安的知识分子报以嘲讽的姿态。在三年前，他曾以同情的笔法，在《一位工程师的第一次工程》《画家》等作品中书写知识分子现实家园和精神家园的双重沦丧，然而，在《大角色》《快乐的人》这样的作品中，延安的知识分子成了不知轻重、眼高手低、自怨自艾、轻浮可笑的代名词。

《大角色》通篇都采用讽刺式的喜剧笔法。为了庆祝1942年的元旦，"我"被指定筹备戏剧《钦差大臣》的演出。"我"对角色的安排颇为踌躇，只是暂定了一个年轻的女同志演玛利亚。这时，有朋友向我力荐一人，说此人曾是知识分子出身，懂话剧，也演话剧。因而，"我"找到她，见面后却大吃一惊，此人又矮胖，又显老，但是鉴于朋友的极力推荐，加之她自称曾有丰富的演出经验，并承诺自己一定能够胜任，"我"只好硬着头皮给了她一个"大角色"——玛利亚，转而让那个年轻的女同志演母亲安娜。结果，因为她矮胖、貌丑，她上台后，全场观众爆发出不可遏止的笑声，整个演出都淹没在笑声中，遭遇了彻底的失败。而当她下场后，她竟然还陷于陶醉之中，并跟"我"说，果戈理真是个天才剧作家，自己也是个好演员，我正大感不解，她却得意地说，台下的笑声已证明了一切。[1]在这个小说中，女性知识分子的自以为是、自我陶醉被舒群以漫画笔法极力地讽刺。

在《快乐的人》这一小说中，"我"和一个诗人比邻而居，诗人是个大学生，自小生长于优越的环境中，仗着自己能作几首长诗，因此自我感觉良好，更常被延安的群众称为"快乐的人"。一日，一个年轻的女性崇拜者来访，他激动不已，陪着她散步、聊天，直到当晚才将她送

---

① 舒群:《大角色》,《舒群文集·第二卷》,春风文艺出版社,1984年版,第57页。

回，却对"我"的拜访不理不睬，让"我"干等了一整天。可是，第二天，"快乐的人"却在窑洞里不停地哭泣，"我"这才知道，原来，他也早已爱着这个女性崇拜者，本以为她来拜访是向他倾诉衷肠，不料却是来告诉他，她这就要结婚了，想请他这个诗人做证婚人，并在她的婚礼上朗诵诗歌。"快乐的人"又重新陷入悒郁自怜的境地中。[①]在这个小说中，诗人被舒群刻画成一个自傲、自恋又自怜的角色。

即便如此，在整风运动及"抢救运动"中，舒群还是没能逃过一劫。整风运动及"抢救运动"促成了舒群转变的最终完成。刚开始，舒群也有过抗拒、挣扎，不过，随着改造的逐步深入，由停职反省直至下放到三五九旅劳动改造，舒群终于慢慢地改变，改造终究宣告完成，完成的标志便是舒群1943年发表在《解放日报》上的《必须改造自己》。在这一文章中，舒群如此诚恳、痛苦地自剖：

> 从前，我们虽然说过或听过"大众文艺"或"文艺大众化"等口号，却没有实践得很好。为什么没有实践得很好，当然有客观上的困难，如当时环境的恐怖，书只在大城市里打圈子，工农既忙于挣扎生活，又限于购买和阅读的能力等。同时，也有主观上的原因。不管我们来自城市还是乡村，曾经是学生还是流浪汉，却都是出身于小资产阶级。这个阶级的思想，就是我们的思想，这个思想，贯穿着每一篇，每一句，每一个字……因此，当我们从"亭子间"来到工农群众中间，面临新的人物新的事件时候，真好像从另一个星球掉在地球上来似的。这新的人物，新的事件，我们从前不熟悉，今天又没有很好地去了解，以致就无从表现。写是写了，不是没写好，就是写歪。这"没写好"和"写歪了"，不仅说明了我们不熟悉这些人和这些事，而且说明了

---

① 舒群：《快乐的人》，《舒群文集·第二卷》，春风文艺出版社，1984年版，第66页。

我们本身存在着严重的问题，需要改造，改造我们的思想，改造我们的生活，改造我们的语言。①

舒群的自剖绝非是被逼无奈后的表态，而是真诚的、属己的。即便在"文革"浩劫过后，舒群已经有了很大的创作空间与自由，却仍然坚持着改造后的写作风格，从未对这样的书写方式有所改进、反省，也从未回归巅峰时期的写作方式。一开始，改造是外铄的、强迫的，慢慢地，改造者的逻辑开始内化于被改造者自身，最终成为被改造者精神肌理不可分割的一部分。

## 第二节　从《少年chen女》到《这一代人》

改造以后，舒群的创作大抵可以细分为如下三个阶段：一、改造后到新中国成立前。这一时期舒群并无小说发表，只写了零星的几篇散文和文论。二、"十七年"时期到"文革"结束。这一阶段，舒群主要创作了以下三类作品：回忆旧时代生活的小说，如《一夜》《我的女教师》；表现朝鲜战场见闻的小说，如《崔毅》《一个美国人》；表现新时期工业建设的小说，长篇《这一代人》、短篇《在厂史以外》等。三、新时期。这一时期的创作有《少年chen女》《金缕传》《美女陈情》等短篇小说，主要表现"文革"在人们生活和心理上的种种遗留和浩劫结束后时代的种种新变，这些小说人都洋溢着对新时代的乐观。

另外，自新中国成立以后，舒群还断断续续地创作了"毛泽东故事"系列短篇小说，歌颂了领袖的光辉形象。可惜，大部分手稿在"文革"中毁于一旦，只余下寥寥数篇在"新时期"得以发表。如在小说《藕藕》中，舒群写了毛主席关心民生，减少民众的上缴公粮。

---

① 舒群：《必须改造自己》，《解放日报》，1943-03-31（1）。

在小说《延安童话》中，写了延安的李重人自幼即得到毛主席的亲切关怀，并经历了抗日战争、解放战争直至新中国成立，成长为一个出色的革命战士。小说最后如此描写毛主席：

> 往日，他常年为之奋斗的革命蓝图，终于实现，如愿以偿。现在，他比以往任何时候都有权威，而他依然故我——矜矜自持素有的音容笑貌、虚怀谦辞。现在，他比以往任何时候都受尊敬，而他依然故我——习惯袒胸、打赤脚。现在，他比以往任何时候都富有，而他依然故我——嗜好旧衣旧裤、一饭一菜加辣子。现在，他比以往任何时候都多有国内外新朋友，而他依然故我——珍重旧情旧德，思念功臣烈士、风雨故人。[①]

在被改造以后，舒群的创作中值得一提的也就是"十七年"时期的《这一代人》和"新时期"的《少年chen女》。

新中国成立后不久，随着东北工业基地的建设，工业建设题材的小说一度出现短暂的繁荣，不少作家亲身参与到东北的工业建设中，并以此为基础，创作了一批工业题材小说，如草明《乘风破浪》、白朗《为了幸福的明天》、萧军《五月的矿山》等，而舒群《这一代人》也是其中之一。

1953年，舒群到鞍山深入生活，担任鞍山大型轧钢厂工地党委副书记，并开始创作长篇小说《这一代人》。相比其他被毁的舒群手稿，《这一代人》的命运相当幸运，小说完整刊登在《收获》上，并独自成书出版。小说以一个刚出校园的见习技术员李蕙良的视角，多方面展现了鞍山钢铁工厂的建设。李蕙良刚刚从工学院毕业便被分配到钢铁工厂的三工段。不过，分管三工段的工程师黄主任是旧时代过来的知

---

① 舒群：《延安童话》，《舒群文集·第二卷》，春风文艺出版社，1983年版，第272页。

识分子，还残留着典型的官僚主义作风，因此对李蕙良不理不睬，甚至都不给她安排任务。舒群以讽刺笔法写到黄主任对工作的冷漠：

> 黄主任最有时间观念。他是严格执行八小时工作制的。他的腿脚跟他的手表的标准时刻走着。按照上下班的时刻，他不迟到，也不早退；同样，他不早到，也不迟退。一般人都说"按劳取酬"，而他偏主张"按酬出劳"。[①]

黄主任的妻子则是典型的娇生惯养的阔太太作风：

> 她从前也在大学念过书。毕了业，她只做过一件事情——结婚。从结婚那天起，她就洗开澡，天天洗，洗到今天，还是照样地洗。什么地方如果没有卫生设备，她都不愿意跟丈夫走。[②]

小说的主要矛盾于焉呈现。以黄主任为首的少数工厂领导，对工作冷漠无热情，甚至玩忽职守，终究导致三工段的三号油库发生事故。而三号油库的原负责人梅玉兰胆小怕事，不敢承担责任，最终，在夏大姐、吉主任等其他领导的支持下，黄主任被停职反省，初来乍到的李蕙良则勇敢地挑起了修复油库的重任。李蕙良不辞辛劳、忘我工作，多方请教专家、长辈，还忍着失恋之痛，最终完成了党和国家交付的重任。

于是，小说的反面人物主要是官僚主义作风严重的黄主任，正面人物则大致有三类，一类是李蕙良这样的年轻工业建设者，他们年轻，有闯劲，有担当，又在校园里学习了先进的理论知识，只是缺少

---

① 舒群：《这一代人》，《舒群文集·第四卷》，春风文艺出版社，1983年版，第33页。

② 舒群：《这一代人》，《舒群文集·第四卷》，春风文艺出版社，1983年版，第31页。

一些实践经验。第二类是夏大姐、吉主任、马大爷这样的老一辈建设者。他们既有为国家工业建设献身的热情，又有着丰富的工作经验，只是因为早年所受教育的限制，因此存在着知识结构的缺陷。第三类是总工程师、梅玉兰这样的人物，他们是优秀的建设者，但是有一些性格上的小毛病，如总工程师是全工厂最优秀的技术骨干，却过于自信，不信任苏联专家，结果延误了修复工作，而梅玉兰则是胆小怕事，碰见事故发生哭哭啼啼，手足无措。因此，这些毛病亟待解决，否则将影响国家的工业建设。

《这一代人》是舒群的唯一一部长篇小说，初次展现了舒群驾驭长篇的能力，也有着不少成就：一、全面展现了新中国成立初期钢铁生产第一线上的种种场景，展现了投身于工业建设的工人们的忘我奋斗，可见作者对于生产基层相当熟稔。二、作者将自身的丰富经验融入小说中，展现了自己对新中国成立初期工业建设的独到认识，写出了在工业建设战线上存在的种种问题、矛盾，如官僚主义、技术欠缺、经验不足等，从而警醒工业建设者们改正问题，促进生产。三、作者在描写正面人物时，也会写到他们的缺陷，如年轻一辈的缺乏经验，老一辈知识结构不健全，等等。

但是，小说仍然存在着一些问题，影响了小说所能取得的成就：一、理念先行，而理念又大多是作者现存的政治理念。小说中划分人物类型的标准主要是人物的出身、对工作的态度、工作表现等政治理念，而非其他。二、人物塑造存在严重的模式化、脸谱化，正面人物大多面目雷同，以致读完小说，你很难分辨出这些人物有多少差别，倒是反面人物黄主任及其妻子的塑造颇见得舒群的讽刺才华，给人留下深刻的印象。三、叙事模式的雷同。正如论者高翔所说，早期工业题材小说中一个常见的叙事模式便是"犯错——帮助——改进"的模式，[1]而小说对反面人物黄主任的塑造正是遵循了这样的叙事模式，黄

---

① 高翔、夏勇为：《"十七年"时期东北工业题材小说创作模式研究》，《学术交流》，2011年第8期。

主任最初官僚主义作风严重，但经停职反省、领导教育，加之被李蕙良这一年轻人的热情、善良所感动，终于"浪子回头"。四、语言洗练流畅，在改造后的舒群小说中相对出色，不过，仍然没有舒群早年小说细腻动人的神采。

《这一代人》和其他早期工业题材小说一样，存在着很多问题，相比舒群的早期小说，艺术水准也远为不逮，不过，舒群在这部小说上付出了很大的心血，相比其他的舒群作品，小说终究能出版，这已经殊为不易，我们岂能向舒群再做苛求？

《少年 chen 女》则是"新时期"舒群的代表作，为舒群带来了全国短篇小说奖的荣誉。小说可以被纳入"伤痕文学"的范畴，展现了"文革"给年轻一代心理上造成的伤痕，以及浩劫结束后生活的好转和伤痕的平复。

在"文革"中，李晨的父母都是知识分子，饱受迫害，父亲死去，母亲和李晨靠拾荒艰难度日。此时，"文革"刚刚结束，"我"作为一个也曾受过迫害的干部，已经平反，而李晨和她的母亲则还过着朝不保夕的生活，悲惨的生活经历给李晨的心理留下了难以愈合的创伤，她产生了轻生的想法，终于在有一天被同学的父亲——"我"认出拾荒者的身份，羞愧难堪，喝了敌敌畏企图自杀。在被抢救回来后，她幡然悔悟。很快，她的父母也被平反，她的生活也逐渐好转。[①]小说写了两代人，一个是真诚的干部，他对年轻人的爱护真挚动人，一个是自杀得救、幡然悔悟的少女李晨，她的自杀是旧时代的伤痕所致，她的幡然悔悟则反映出作者对新时代的希望。

"新时期"以来，舒群已经有了极大的创作时间与自由，他也壮心不已，再度专攻写作，不过，从他发表的作品来看，他的小说创作其实并无根本的改进，相比早年巅峰时期的创作成就仍然相距甚远。

---

① 参见舒群：《少年 chen 女》，《舒群文集·第二卷》，春风文艺出版社，1983年版，第353页。

# 第三节　风格的激变

改造以后，舒群的创作方式发生了根本性的断裂与激变，创作水准一落千丈，很难将此时的舒群再跟20世纪30年代末期的他联系起来。风格的激变主要表现在以下几个方面。

## 一、文字由细腻至粗陋

在创作的高峰期，舒群一直以细腻的文笔见长，他的心理描写能力和场景描写能力都相当出色。但是，改造以后，舒群的文字由细腻一变而为粗陋、简单。不妨比较以下两段写景文字，将改造后的写景文字与改造前的写景文字两相对照，舒群写作的转变与落差一目了然：

> 月亮已经退去，太阳还没有出来，天上荡着一层朦胧的雾色，模糊了每个人投向远处的视线。江上浮着一种轻气，随着波流，流向远方去。不时地响着雄鸡的鸣叫，很清脆地透入耳孔，使人可以听出是在远处，或是近处。暑天的晨风，也裹着一种清凉，侵入皮肤，使人感受到意外的舒快……沿岸新鲜的景色诱着我们，使我们常停止了我们所要实习的工作。在松花江与黑龙江合流的地方，我们站在甲板上，手握住铁栏，垂下头，望着浑黄的松花江，沉浊的黑龙江，仿佛是两条异色的轻纱，在风里飘荡着，拖着舰底。几里以外，两条江水合流的边缘，仍遗着异色的纹痕，好像它们永远不会溶成一色，溶成一条江水。①

---

① 舒群：《舰上》，《舒群小说选》，人民文学出版社，1985年版，第150页。

以上是改造前的写景文字，以下是改造后的写景文字：

> 山，却是重重的山，望不尽的山。山，山，凤凰山、清凉山、宝塔山、吕梁山、太行山、五台山、泰山、大别山、桐柏山、茅山、五指山、长白山……山，山，山，凤凰山、清凉山、宝塔山、六盘山、岷山、大雪山、娄山、闽山、白云山、武夷山、井冈山、岳麓山、韶山。韶山，地灵之峦，人杰之巅。①

前者文字细腻、优美，对色彩、感觉的把捉细致入微，使人身临其境，而后者则文字粗陋简单，毫无美感可言。

在改造后，是舒群的文字极少再带有书面化色彩，而是倾向于口语化、俚俗化，他在作品中开始大量使用俗字俗语、民歌童谣。即便在"文革"过后，舒群的文字风格依然如此，比如在写于"新时期"的《金缕传》中，舒群每每在叙述的关节处，大量穿插东北民歌，让思绪往返于新旧两个时代。当舒群要表现新时代的喜气洋洋，他会如此直接引用东北旧调：

> 盼新春，盼呀正月正，
> 盼到包产到户五谷丰登。
> 家家户户呀挂红灯，
> 锣鼓喧天响，咚咚咚。②

而当舒群需要回忆东北被日军占领的旧时代，他又不厌其烦地引用这一民歌：

---

① 舒群：《延安童话》，《舒群文集·第二卷》，春风文艺出版社，1983年版，第223页。

② 舒群：《金缕传》，《舒群文集·第三卷》，春风文艺出版社，1983年版，第339页。

"九一八"事变哪,

民国二十年;

锦绣满洲日本来侵占哪,

小家底子眼看都得完! [①]

如此的引用,不但不能对叙事有所裨益,更让人有生硬、烦冗之感。

改造后,舒群的文字再无当初的描写能力,无论是人物刻画、场景表现抑或心理描写,很难再给读者留下深刻的印象。

## 二、长句使用骤减,短句使用增多

舒群曾经擅用长句表现复杂的对象,改造后,舒群却转而热衷于使用短句,相比于长句,短句更加简单、易读、朗朗上口,《延安文艺座谈会上的讲话》发表以后,简单易懂的短句显然比拗口、书面的长句更适合文艺大众化的方向。

比如,在《美女陈情》中这样描写"我"痛苦的心境:

> 我需要自己一个人独坐闷坐静坐,让涨满了两眼的老泪横流,直流,奔流,流成涧,流成溪,流成河;流啊,流入潮白河、潮白河;流啊,切勿流入裕溪河、裕溪河……非是游女迷途,非是逆女忘本,非是贞女轻生,非是石女死心,非是痴女麻木不仁莫名其妙,非是狂女无法无天无理取闹;本是,本是现实残酷、灾情无情……[②]

---

① 舒群:《金缕传》,《舒群文集·第三卷》,春风文艺出版社,1983年版,第332页。

② 舒群:《美女陈情》,《舒群文集·第三卷》,春风文艺出版社,1983年版,第61页。

在这段文字中，舒群本想表达对凤妹悲惨处境的哀伤心情，却只能通过一连短句的叠加来增强情感的表现力。短句的堆积发展到极端，舒群在一些创作中，甚至干脆直接大段罗列名词或者形容词，以弥补自己语言表现力的匮乏：

> 这是首都新建的大规模的住宅区。楼房，小部分是红砖砌的，大部分是预制件拼装的。塔式的，峰式的，盒式的……各式各样。绿色的，黄色的，粉色的，灰色的……多颜多色，百色竞艳；又镶以乳白色、雪青色、绛紫色、鹅黄色、鸭蛋青色的杠杠、块块，更显得色鲜质丽，美不胜收。[①]

这一段描写中，舒群的初衷是想极力表现新时代物质的丰富和生活的改善，尤其是作者面对着众多楼房时的眼花缭乱。但是，我们不禁要感叹，舒群曾经的那支健笔如今安在，他只能靠名词和形容词的堆积来表现内心的惊叹了吗？阅读之后，我们发现，短句的增加乃至名词、形容词的大段罗列根本无助于增加语言的表现力，只暴露了舒群文学才能的大幅衰退。

## 三、风格由哀婉抒情至清浅乐观

曾经的舒群在平淡的描写下掩抑着洞穿生命脆弱的忧伤，而这时的舒群却往往通篇洋溢着清浅的乐观，这乐观不仅缘于对光明未来的笃定自信，更来自于"忆苦思甜"式的比较，通过比较，新时代的优越性更无可置疑。

---

① 舒群：《少年 chen 女·第二稿》，《舒群文集·第三卷》，春风文艺出版社，1983年版，第255页。

例如在《归》这一小说中，老干部汪百峰经历了"文革"十年的磨难，经历了和家人十年的隔绝，此刻终于被释放，回到自己的家中。"文革"中，汪百峰被逮捕入狱，家里只有妻子黄茜和一对儿女。在他走后，妻子也饱受折磨，但终于独自承受种种磨难，将儿女抚养成人。当汪百峰回到家中，妻子已经病危，抢救无效死亡。不过，小说强调，"四人帮"很快被打倒，"胖菩萨"等被绳之以法，汪百峰官复原职，妻子也被追封为烈士。小说最后陡然转入昂扬的呼唤：

> 但是，他们一步跨回学习、工作岗位，便继承好妻、良母、烈士的遗志，日日夜夜，朝朝暮暮，为落实、实现新时期的总任务而加倍努力奋斗。[1]

这一小说秉承的是"新时期"初期的典型写法，"四人帮"势力终究要伏法，好人终究被平反，并为了新时期的四化建设而再度踏上人生的征途。在《别》这一小说中，美国人霍华德在朝鲜战争被俘后留在中国，还娶了中国妻子，生了一对儿女。一直到"文革"结束，他终于和母亲取得了联系，想要回美国陪伴母亲。这时，他和妻子离婚，儿子已有工作，他便想带女儿去美国，因为女儿一直在家待业。起初女儿同意和他走，不过，小说最后，女儿竟决定留下来，因为"文革"过后，政府很快落实了解决待业知识青年的政策，女儿决心留下，投身于祖国的四化建设。[2]

小说看似在讲述一个外国人的故事，实际却是借此写时势与政策的转变。小说最后，随着"新时期"的到来，知识青年的待业问题终于得到解决，欢欣鼓舞地投入到四化建设中。小说洋溢着对新时期"拨乱反正"的赞美和对祖国未来的自信、乐观。当舒群的风格一变而为清浅、乐观，他实际上早已融入新时期初期伤痕小说的大潮中，

---

① 舒群：《归》，《舒群文集·第二卷》，春风文艺出版社，1983年版，第303页。
② 舒群：《别》，《舒群文集·第二卷》，春风文艺出版社，1983年版，第315页。

再无自己曾有的审慎反思。

纵观改造以后舒群的所有创作，我们悲哀地发现，他再也没能回复到当年的水准。曾经的那个细腻动人的舒群，已经一去不复返了。舒群的坎坷命运并非个案，和他有着相似命运的人还有很多。不过，正如舒群自己所说，在生前，作品以作家的命运为命运，在死后，作家以作品的命运为命运，时过境迁之后，历史和后人自会给一个公正的评价。

# 结　语

在"东北流亡作家"之中，舒群并不特别引人注目，后半生的坎坷经历也限制了他在写作上的发展。当我们将舒群与其他东北作家视为同一个流派时，其实只是强调了类同之处。"同"固然存在，如反日爱国主题的抒发，舒群也不例外。但是，本论文的结论是，与"东北流亡作家"的其他作家相比，舒群至少在如下几个方面呈现出自身的特别之处：一、他为我们提供了别具一格的"流徙者"书写，他以抗战为背景的小说也卓然自成一家。二、去"崇高化"、去"浪漫化"书写模式。当其他作家关注英雄形象，或写平民在敌人的威逼下，最终成长为奋勇的战士，舒群却习惯于写溃败的战士、写流离的平民。三、其他作家作品大多洋溢着积极、昂扬、乐观的战斗气息，舒群的作品却呈现出细腻哀婉的整体风格。四、对民族主义话语的多面考察。不少作家极力书写反日爱国主题，他们民族主义话语的认识还比较简单，舒群却对民族主义话语有着审慎的、多面的思考。

对舒群的抗战小说做专论研究，有助于深化、拓展"东北作家群"的研究，更启示着我们，描摹抗战下的人生，可以有多种不同的想象方式和写作模式，只要正心诚意地凝视、书写，那么，终究会成就别具一格的文学版图。

# 参考文献

**著作部分：**

《舒群小说选》，舒群著，北京：人民文学出版社，1985年版。

《舒群文集·第一卷》，舒群著，沈阳：春风文艺出版社，1983年版。

《舒群文集·第二卷》，舒群著，沈阳：春风文艺出版社，1983年版。

《舒群文集·第三卷》，舒群著，沈阳：春风文艺出版社，1983年版。

《舒群文集·第四卷》，舒群著，沈阳：春风文艺出版社，1983年版。

《中国现代文学百家：舒群代表作》，中国现代文学馆编，北京：华夏出版社，1998年版。

《中国现代文学百家·萧军代表作》，中国现代文学馆编，北京：华夏出版社，1998年版。

《丽人行：二十一场话剧》，田汉著，北京：中国戏剧出版社，1959年版。

《舒群研究资料》，董兴泉编，北京：知识产权出版社，2010年版。

《东北流亡文学史论》，沈卫威著，郑州：河南人民出版社，1992年版。

《现代汉语词典》，中国社会科学院语言研究所词典编辑室编，北京：商务印书馆，2002年版。

《镣铐下的缪斯——东北沦陷区文学史纲》，孙中田著，长春：吉林大学出版社，1999年版。

《现代东北作家的文学世界》，高翔著，沈阳：春风文艺出版社，2007年版。

《想象的共同体——民族主义的起源与散布》，［美］本尼迪克特·安德森著，吴叡人译，上海：上海世纪出版集团，2011年版。

《临床医学的诞生》，［法］米歇尔·福柯著，刘北成译，南京：译林出版社，2011年版。

《余华研究资料》，吴义勤编，济南：山东文艺出版社，2006年版。

《情人、母亲、战士和女王——克娄巴特拉的故事》，［德］埃米尔·路德维希著，陈卫斌译，沈阳：辽宁教育出版社，1998年版。

《论革命》，［美］汉娜·阿伦特著，陈周旺译，南京：译林出版社，2007年版。

《大野诗魂——论东北作家群》，马伟业著，哈尔滨：北方文艺出版社，1998年版。

《黑土地文化与东北作家群》，逄增玉著，长沙：湖南教育出版社，1995年版。

《东北现代文学史论》，张毓茂著，沈阳：沈阳出版社，1996年版。

《抗战文学纪程》，苏光文著，重庆：西南师范大学出版社，1986年版。

**论文部分：**

孟文博，《被遗忘的文学角落——舒群抗战小说研究》，西南师范大学，2002。

刘立军，《舒群小说研究》，中央民族大学，2005。

丁帆、李兴阳，《"流亡"文学群体的民族意识与生命意识——论"东北作家群"的乡土小说》，《求是学刊》，2007年第2期。

刘婕，《漂泊者的锚——论东北作家群的情感维系》，《理论与创作》，2003年第5期。

李春燕，《艰难的心路历程——东北沦陷时期作家心态研究》，《社会科学战线》，2002年第3期。

高翔、夏勇为，《"十七年"时期东北工业题材小说创作模式研究》，《学术交流》，2011年第8期。

# 附录：舒群创作系年

## 1933年

《流浪人的信息——给三郎悄吟》（特写），载1933年2月4日《国际协报》，署名黑人。

《流浪人的信息——给三郎悄吟》（诗），1933年8月3日作，载1933年9月12日《大同报》，署名黑人。

《旅程上之一夜》（散文），载1933年8月26日《大同报》5版，署名黑人。

《夜妓》（诗），1933年10月16日写于松花江畔，载1933年10月29日《大同报》，署名黑人。

## 1936年

《邻家》（短篇小说），载1936年1月《文学大众》第1卷第1期，署名舒群。《我们沉痛的纪念——"九一八"五周年感言》（散文），载1936年1月《文学大众》第1卷第1期，署名舒群。

《一周间日记》（散文），载1936年4月7日《国际协报》之《儿童》周刊，第56期，署名黑人。

《没有祖国的孩子》（短篇小说），载1936年5月1日《文学》第6卷第5期，署名舒群。

《黑人的小诗集》（诗），载1936年5月5日《国际协报》第11版，署名黑人。

《沙漠中的火花》（短篇小说），载1936年6月5日《文学界》创刊号，署名舒群。

《蒙古之夜》（短篇小说），载1936年6月10日《光明》（创刊号）第1卷第1号，署名舒群。

《回到哈尔滨去做人》（短篇小说），载1936年6月25日《光明》（创刊号）第1卷第2号，署名舒群。

《已死的与未死的》（短篇小说），载1936年7月1日《文学》第7卷第1号，署名舒群。

《病》（散文），载1936年7月3日《申报·文艺专刊》第34期，署名舒群。

《肖苓》（短篇小说），载1936年7月10日《文学界》第1卷第2号，署名舒群。

《一点更正》（杂谈），1936年6月3日作，载1936年7月10日《文学界》第1卷第2号，署名舒群。

《唁词》（散文），载1936年7月10日《文学界》第1卷第2号，署名舒群。

《过关》（独幕话剧），1935年冬大雪之夜与罗烽合作，载1936年7月25日《光明》第1卷第4号，署名舒群、罗烽。

《病》（散文），载1936年7月27日《泰东日报》第4版，署名舒群。

《在故乡》（长诗），1936年8月1日作，载1936年9月10日《光明》第1卷第7号，署名舒群。

《我的意见》（关于"国防文学"短论），载1936年8月10日《文学界》第1卷第3号，署名舒群。

《誓言》（短篇小说），载1936年9月1日《文学》第7卷第3号，署名舒群。

《九月的夜记》（散文），载1936年9月5日《中流》半月刊（创刊号）第1卷第1期，署名舒群。

《孤儿》（短篇小说），载1936年9月10日《文学界》第1卷第4

号，署名舒群。

《写给敌人》（杂文），载1936年9月10日《文学界》第1卷第4号，署名舒群。

《〈过关〉的写作经过》（杂谈），载1936年9月25日《光明》第1卷第8号，署名舒群。

《难民》（短篇小说），载1936年10月《作家》第5卷第1期，署名舒群。

《农家姑娘》（短篇小说），载1936年11月10日《光明》第1卷第11号，署名舒群。

《故乡的消息》（散文），载1936年11月20日《中流》第1卷第6期，署名舒群。

《一个沉痛的申诉》（杂文），载1936年11月25日《光明》第1卷第12号，署名舒群。

### 1937年

《去吧，去到战场》（诗），载1937年1月1日《文学》第8卷第1号，署名舒群。

《北风送来的呼声》（诗），载1937年1月《希望》第1卷第1期，署名舒群。

《舰上》（短篇小说），载1937年2月《希望》1卷第2期，署名舒群。

《踉跄的步子》（诗），载1937年1月1日《哈尔滨五日画报》，署名黑人。

《奴隶与主人》（短篇小说），载1937年1月15日《中流》第1卷第9期，署名舒群。

《再会》（散文），载1937年2月26日上海《申报》之《文艺专刊》第66期，署名舒群。

《记忆与梦想》（诗），载1937年4月9日上海《申报》之《文艺专刊》第72期，署名舒群。

《秘密的故事》（中篇小说），载1937年5月1日和6月1日《文学》第8卷第5、6号，署名舒群。

《初识》（散文），载1937年7月11日《申报·每周增刊》第2卷第27期，署名舒群。

《我们应有的一种准备》，载1937年8月5日《中流》第2卷第10期"救亡呼声"专栏，署名舒群。

### 1938年

《编后记》（杂谈），载1938年3月20日武汉《战地》半月刊第1卷第1期，署名舒群、丁玲。

《婴儿》（短篇小说），1938年3月于上海作，载1937年4月5日《战地》半月刊第1卷第2期，署名舒群。

《关于战地》（杂文），载1938年5月5日《战地》半月刊第1卷第4期，署名舒群。

《给周作人的一封公开信》，载1938年5月14日《抗战文艺》第1卷第1期，署名茅盾、郁达夫、老舍、冯乃超、王平陵、胡风、胡秋原、张天翼、丁玲、舒群、奚如、夏衍、郑伯奇、邵冠华、孙梦茹、锡金、以群、适夷等。

《血的短曲之一》（短篇小说），载1938年5月20日《战地》半月刊第1卷第5期，署名舒群。

《血的短曲之二》（短篇小说），载1938年5月21日《抗战文艺》周刊，第1卷第5期，署名舒群。

《七年祭》（诗），"九一八"七周年前夕作，载1938年9月18日《大公报》副刊（战线）第191号，署名舒群。

《血的短曲之四》（短篇小说），载1938年9月24日《抗战文艺》武汉特刊第2号，署名舒群。

《血的短曲之五》（短篇小说），载1938年9月25日汉口《大公报》副刊（战线）第194号，9月26日《战线》第195号，署名舒群。

《英雄颂——献给为祖国而战死的战士》（诗），载1938年10月4

日汉口《大公报》副刊（战线）第200号，署名舒群。

《访学友》（散文），载1938年10月9日《抗战文艺》周刊，第2卷第8期，署名舒群。

《夜景》（短篇小说），载1938年12月8日《文摘》第38号，署名舒群。

《遥念——致马当的海军学友》（诗），载1938年《抗战文艺》第1卷第11期，署名舒群。

《满洲的雪》（短篇小说），载1938年夏香港《星岛日报》，署名舒群。

### 1939年

《血的短曲之八》（短篇小说），载1939年6月5日《中学生战时半月刊》第3期，署名舒群。

《血的短曲之七》（短篇小说），载1939年7月16日《文艺阵地》第4卷第7期，署名舒群。

《一位工程师的第一次工程》（短篇小说），载1939年8月1日《国民公论》第2卷第3号，署名舒群。

《画家》（短篇小说），载1939年10月1日《国民公论》第2卷第7号，署名舒群。

《海上之友》（随笔），载1939年10月20日《中学战时半月刊》，署名舒群。

《祖国的伤痕》（短篇小说），载1939年11月5日《中学战时半月刊》，署名舒群。

### 1940年

《海的彼岸》（短篇小说），载1940年1月15日《文学月报》创刊号，署名舒群。

《血的短曲之九》（短篇小说），载1940年3月1日《抗战文艺》第1卷创刊号，署名舒群。

《小诗六章》（诗），载1940年9月16日《反攻》第9卷第2期，署名舒群。

### 1941年

《文学与生活漫谈》，载1941年8月1日《文艺日报》第8期，署名舒群。

《路》（独幕剧），载1941年8月30日《反攻》第10卷第2期，署名舒群。

《为"九一八"十周年纪念东北四省父老兄弟姊妹书并寄各地文艺工作者》，载1941年9月18日《解放日报》副刊《文艺》第3期（4版），署名"九一八"文艺社全体成员：白朗、白晓光、石光、李雷、秋耕、郭小川、纪坚博、高阳、高原、梁彦、师田手、张仃、黑丁、舒群、雷加、蔡天心、罗烽、萧军、魏东明。

### 1942年

《大角色》（短篇小说），载1942年1月14日《解放日报》副刊《文艺》第75期，署名舒群。

《快乐的人》（短篇小说），载1942年1月15日《谷雨》第1卷第1、2期，署名舒群。

《从一篇小说想起的———一个读者的笔记》（文艺论文），载1942年2月4日、5日《解放日报》副刊《文艺》第81、82期，署名舒群。

《为编者写的》（短评），载1942年3月12日《解放日报》副刊《文艺》第102期，署名舒群。

《吴同志》（独幕话剧），载1942年4月10日《文艺阵地》第2卷第4期，署名舒群。

《时代最高的声音》（散文），载1942年7月9日《解放日报》第3版，署名舒群。

《工人文艺小组》（短评），载1942年9月27日《解放日报》副刊《文艺》，署名舒群。

### 1943年

《必须改造自己》（思想杂谈），1943年3月25日作，载1943年3

月31日《解放日报》副刊《文艺》，署名舒群。

### 1945年

《东北人民大翻身》，载1945年12月29日、30日、31日《东北日报》，署名东北文艺工作团集体创作。

### 1946年

《我所见的红军》（散文），1946年3月7日作，载1946年《知识》第1卷，第1、2期，署名舒群。

《沈阳漫记》（散文），1946年3月21日作，载1946年《知识》第1期，署名舒群。

《归来人》（散文），载1946年《知识》第1期，署名舒群。

《素描沈阳夜》（散文），1946年3月21日作，载1946年《知识》第2期，署名舒群。

《今天的日本人》（散文），载1946年《知识》第2期，署名舒群。

《不朽的笔墨》（散文），1946年3月30日作，载1946年《知识》第2期，署名舒群。

《妈妈底爱》（散文），载1946年10月4日《东北日报》，署名黑人。

《日本鬼子留下了什么》（散文），载1935年12月25日《知识半月刊》第2卷第3期，署名舒群。

### 1947年

《记一个女学生》（散文），1935年11月28日作，载1947年1月1日《知识半月刊》第2卷第4期，署名舒群。

### 1948年

《"八·一五"致苏联作家信》，载1948年8月《文学战线》第1卷第2期，署名丁玲、白朗、宋之的、周立波、金人、马加、陈学昭、草明、舒群、刘白羽、萧军、严文井、罗烽。

《评〈无敌三勇士〉》（评论），载1948年《文学战线》第1卷第2期，署名舒群。

**1949年**

《文艺散论》（论文集），列为《文学战线创作丛书》第1辑，1949年出版，署名舒群。

**1950年**

《歌谣和口供》（短篇小说），1950年3月7日作，载1950年4月《东北文艺》第1卷第3期。署名舒群。

《一夜》（短篇小说），1950年3月10日作，载1950年3月《东北文学》第1卷第2期。

**1954年**

《阿·米马尔钦柯专家》（特写），1954年1月26日于沈阳作，载1954年第7期《文艺报》，署名舒群。

《维·瓦·库恰也夫同志》（报告文学），1954年4月30日《东北文学》上卷，署名舒群。

**1956年**

《藕藕》（短篇小说），载1956年《中国工人》第4期，署名舒群。

**1958年**

《这一代人》（长篇小说），载1958年1月《收获》第1期，署名舒群。

**1962年**

《在厂史以外》（短篇小说），1958年7月6日作，载1962年《人民文学》第9期，署名舒群。

**1978年**

《延安童话——毛主席故事之十》，载1978年《鸭绿江》第12期，署名舒群。

**1979年**

《题未定的故事》（短篇小说），载1979年2月《人民文学》第2期，署名舒群。

《我的思忆》（短篇小说），1978年12月29日作，载1979年2月15

日《本溪文艺》第1期，总第19期，署名舒群。

《两点感受》（随笔），载1979年5月《本溪文艺》第2期，署名舒群。

《归来者》（小说），载1979年6月《哈尔滨文艺》第6期，署名舒群。

《别》（短篇小说），载1979年6月《当代》第3号，署名舒群。

### 1980年

《思念》（回忆录），载1980年3月《东北现代文学史料》第1辑，署名舒群。

《祝贺与期望》（散文），载1980年4月13日《本溪日报》，署名舒群、安大伦。

《早年的影》（回忆录），1980年8月27日作，载1980年9月24日《哈尔滨日报》副刊《太阳岛》，署名舒群。

### 1981年

重新发表《没有祖国的孩子》《照片并简略说明》，载1981年2月9日《东北现代文学史料》（第3辑），署名舒群。

《少年chen女》（短篇小说），1981年2月26日作，载1981年4月20日《人民文学》第4期，总第259期，署名舒群。

《早年的影》（修改稿），载1981年6月辽宁人民出版社出版的《星火》丛书第2辑，署名舒群。

《早年的影》（修改稿），载1981年8月《东北现代文学史料》第3辑，署名舒群。

### 1982年

《文集自序》，载1982年2月4日《人民日报》，署名舒群。

《少年chen女》（修改稿，短篇小说），载1982年8月《东北现代文学史料》（第5辑），署名舒群。

《醒》（短篇小说），载1982年4月19日《人民文学》第7版，署名舒群。

《没有祖国的孩子·序》（《舒群文集》卷一），1982年2月15日于北京作，载1982年4月《北方文学》，署名舒群。

《这一代人·序》，1980年11月8日作，载1982年2月沈阳春风文艺出版社出版《舒群文集》(4)，署名舒群。

《枣园之宴》（记事小说），1982年5月24日作，载1982年7月25日《新观察》第14期，署名舒群。

《美女陈情》（短篇小说），1982年9月1日作，载1982年《天津日报》（文艺版，双月刊）第5期，署名舒群。

### 1983年

《合欢篇》（短篇小说），1983年4月《天津日报》（文艺版，双月刊），署名舒群。

《金缕传》（中篇小说），1983年2月28日作，载1983年5月《民族文学》，署名舒群。

《无神论者的祈祷》（短篇小说），1983年8月16日作，载1983年9月15日《天津日报》副刊，署名舒群。

《中南海的夜》（短篇小说），载1983年《新观察》第23期，署名舒群。

《伟人一简》（散文），载1983年12月6日《人民日报》，署名舒群。